BORDEAUX VOIT ROUGE

Brigitte LURTON

BORDEAUX VOIT ROUGE

LA GESTE

I

Le ciel de Juillet chauffé à blanc écrase les lignes des vignes étirées jusqu'à l'horizon où tremble la mousse bleutée des chênes ; il se heurte à la façade de pierre, aux volets mi-clos. La grande maison reste fraîche. Robert lit le journal, les avant-bras sur la nappe à peine débarrassée, une tasse de café à portée de la main, tandis que Marie va et vient de son pas ferme et tranquille, de la cuisine à la salle à manger.

« Il faut faire quelque chose ! » dit-il soudain, tête baissée vers la feuille étalée, front buté. Marie s'arrête et regarde avec inquiétude le large dos courbé en avant, la nuque brune et striée de rides vives, la chevelure drue, argentée. Elle se souvient du gel de 1956 qui a détruit les trois-quarts du vignoble, de la bagarre contre la banque agricole qui s'ingéniait à faire disparaître les exploitations de taille insuffisante, des nombreuses années où il fallait compter le moindre centime, des manifestations de défense du métier, du terroir. Autrefois, on se battait plus que maintenant, on se regroupait pour se défendre, et on n'hésitait pas au coup de poing. Robert a toujours été au créneau, et à 70 ans comme à 25, il trace sa voie comme un percheron son sillon, ne s'arrêtant qu'au but atteint. Elle s'assoit en face de lui, le regard interrogateur.

— On ne va pas se laisser détruire sans rien faire, reprend-il en la regardant, puis il enlève ses lunettes et frotte ses paupières d'une main nerveuse, cuite au soleil. La moitié de la profession, et je suis optimiste, va disparaître. Les gros s'arrangent pour affermir une position qu'ils avaient déjà, celle des produits de luxe, mais ce ne sont plus des leaders, ils ont décroché les wagons. Regarde, dit-il en poussant la feuille vers elle, cet article sur les cours des Bordeaux génériques qui ont perdu plus de la moitié de leur valeur en dix ans. Les grands crus en primeurs[1] sont à 25 % d'augmentation en moyenne par rapport à l'an dernier, et ce train d'enfer dure depuis 2000, alors que les petites exploitations vendent leur vin à peine au prix de revient ; la seule solution pour beaucoup c'est de vendre la propriété.

Il se lève en repoussant sa chaise.

— Tu crois que l'État va faire arracher ? demande-t-elle en levant vers lui un regard gris perle.

— Malheureusement c'est la seule solution qu'on nous offre. Certains parlent de planter des oliviers. Tu te rends compte ? Des oliviers ? Tout ça remonte à des années, on a accumulé les âneries. On a perdu nos clientèles traditionnelles, les Belges, les Anglais, et maintenant tout le monde compte sur les Chinois, pour acheter les vins, et aussi pour acheter les vignobles. Tu vas voir que bientôt, les Chinois, ils vont faire comme pour le reste, le Bordeaux, ils vont le produire chez eux… On marche sur la tête, on va où ?…

— Mais toi, qu'est-ce que tu peux y faire ?

1- Vente de vins avant la mise en bouteilles.

— En tout cas pas rien. Je vais en parler à Marc.

En allant versa voiture, il s'arrête au chai. Cab, couché devant la porte, lève un œil endormi et remue la queue. Le griffon mal peigné n'est jamais très loin du maître de chai, chef de culture, tout-en-un, de la propriété. Celui-ci est en train de nettoyer une cuve avec de l'eau à pression ; il n'entend pas arriver Robert et sursaute quand son patron lui touche l'épaule. « Jean-Philippe, je vais voir Marc, je serais là vers 16 heures. Tu y penses, il y a cette cliente qui vient tout à l'heure chercher dix caisses pour un mariage. Elles sont prêtes ».

Le break démarre sur les graviers brûlants, laissant flotter une fine poussière qu'aucun air ne trouble, puis file entre le velours côtelé du vignoble qui s'étend jusqu'à la rivière.

Marie soupire, ramasse machinalement la nappe. Dès qu'elle est sortie, Rex, son épagneul qui dormait à l'ombre, vient lui sauter dessus. Elle rit, et lui caresse la tête. « Toi au moins, tu n'as pas de souci ! » Secouant le tissu dans l'air brûlant, elle regarde le grand magnolia dont l'ombre fait une tache indigo sur l'herbe brûlée, un vélo passe au ralenti derrière la grille au-delà de laquelle reprend le rythme inexorable des vignes. Elle va à la cuisine. Roseline vient d'arriver et remplit le lave-vaisselle, elle discute un peu avec elle puis s'assoit au salon, sous le regard nostalgique des photos qui encombrent les deux commodes ; une branche de lumière fait danser des milliers de grains de poussière et finit en cercle parfait sur le tapis vieil ocre ; elle chausse les lunettes pendues à son cou et, une ride au front, reprend le livre de compte abandonné le temps du déjeuner. Elle sait qu'une bataille commence, encore une. Dans ces cas-là, Robert est souvent absent, et souvent de mauvaise humeur, ou alors il se tait.

La rocade embouteillée tremble de longues lignes de voitures. Robert prend son portable après avoir vérifié dans les rétroviseurs que ce geste ne lui coûtera pas son permis. Il laisse un message. « Marc, c'est Robert, il faut que je te voie. Je suis là dans une demi-heure ».

Il prend le pont qui surplombe le large fleuve brun, les grues, les réservoirs des anciens docks. Quittant enfin les voies dites rapides, la voiture file de nouveau entre les vignes. Les routes et les règes épousent les courbes du paysage dans lequel se nichent bastides et petits châteaux de pierre ombrés de cèdres et de platanes. Il ouvre la vitre, on respire mieux ici, se dit-il en passant à l'ombre d'un bois. La voiture passe entre deux anciens piliers de pierre cannelées gravées en creux : « Château Roudié ». Les tracteurs, accroupis à l'ombre du hangar, attendent une température plus clémente, et il n'y a pas âme qui vive dans les bâtiments d'exploitation.

Claire, ayant vu arriver le break qu'elle connaît bien, l'attend sur le pas de la porte, encadrée par le rosier grimpant qui dessine un cil ombreux. C'est une petite femme nerveuse, les bras croisés sur son torse mince.

« Bonjour Robert, je suppose que tu viens voir Marc… Il n'est pas encore rentré, le vol de San Francisco avait du retard, et il a raté sa correspondance. Je suis désolée, pourquoi tu n'as pas téléphoné ? »

Elle voit à son front soucieux qu'il ne vient pas pour parler matériel ou produit phytosanitaire.

— C'est grave ? Tu veux un café ?

— Je veux bien. Tu peux me donner du papier et de quoi écrire, je vais lui laisser un mot.

— Tu ne préfères pas lui envoyer un mail plutôt ? Il l'aurait à sa descente d'avion.

— Il y a des choses confidentielles. Ces trucs que tout le monde peut lire, je n'aime pas ça.

Elle s'installe en face de lui, pendant que, penché sur la table de la cuisine, il rédige d'une écriture serrée, que peu savent déchiffrer.

— Ça nous ferait plaisir de vous avoir un de ces dimanches, dit-elle en pliant la feuille en deux. Marc et toi, vous courez tout le temps, on ne profite jamais les uns des autres.

Ce petit voyage n'aura pas été inutile, c'est pendant les trajets en voiture que Robert pense en toute tranquillité, seul, sans que personne ne le dérange ; à la propriété, quand il n'est pas dans la vigne ou le chai il y a toujours quelqu'un qui entre dans le bureau. Il se sent soulagé de pouvoir partager avec Marc le poids de l'idée qui tourne dans sa tête. Une amitié et une confiance profonde le lient à l'œnologue malgré leur différence d'âge. Le jeune homme fait du conseil, il voyage beaucoup, et se tient au fait des techniques les plus récentes, mais il est aussi un viticulteur en difficulté, il a ainsi toutes les cordes pour mener à bien le projet.

2

Le bureau de Marc est tout en hauteur, une seule fenêtre aux volets rabattus donne sur la terrasse brûlante. On entend au loin le ronronnement d'un tracteur. Les murs sont recouverts d'étagères chargées de dossiers, revues, ouvrages techniques et sur les bureaux en L, les piles de papiers laissent juste la place à deux ordinateurs et deux lampes allumées. Les hommes sont assis, face à face. Marc écoute son ami lui faire état, chiffres à l'appui, de ses inquiétudes. Il consulte attentivement les tableaux qu'il lui tend.

— Ça fait des sacrés volumes ! dit-il, passant ses doigts maigres dans une chevelure noire désordonnée.

— Je voudrais trouver une solution qui permette de garder les plantations, le temps que la situation s'améliore.

— Ah, parce que tu crois qu'elle va s'améliorer. Moi je n'y crois pas, mon vieux. Pas une seconde.

— Qu'est-ce qu'on pourrait faire avec tout ce jus de raisin ? Il faudrait un produit qui se consomme facilement, et par tout le monde. Comme on buvait le vin autrefois, au quotidien.

— Et en quantité. C'était fou, jusqu'au milieu du siècle dernier, beaucoup de gens buvaient plus de vin que d'eau.

Claire entre dans le bureau avec le courrier.

— Je vous dérange, les hommes ?

— Jamais, répondent-ils en chœur.

— Tu pourrais même nous éclairer, reprend Robert. Qu'est-ce qui se boit plus que de l'eau ?

— Du soda, voyons ! Il y a même des pays où c'est moins cher.

— Mais oui, c'est ça l'idée ! Un soda à base de raisin ! s'exclame Robert.

— Mais oui, tout simplement… fait écho Marc.

— Il n'y a plus qu'à bosser… Tu te penches sur la recette, et moi sur la gestion ?

— Banco ! Là j'ai un peu de temps, ça tombe bien En même temps, il faudra attendre les vendanges pour mettre ça en pratique.

— Si vous veniez déjeuner un de ces quatre pour en parler ? dit Claire en levant la tête de ses papiers. Comme ça, vous pourriez avancer avant la fermeture d'août.

Ils se mettent d'accord pour la semaine suivante, ça leur donnera le temps de cogiter chacun de leur côté.

— Et vos femmes seront là pour vous donner de bonnes idées ! À ce propos Robert, tu m'enverras des éléments pour la page Facebook de Taste Vieille, ça fait longtemps qu'on ne l'a pas animée.

— Je fais ça en rentrant, on a eu des notes de dégustation sympa. Et toi envoie-moi la facture, s'il te plaît.

— Tu veux, rire, une caisse de vin, ça ira bien !

Quelques jours plus tard, ils sont réunis tous les quatre à Roudié, autour de la table, et les discussions reprennent. Marie écoute patiemment, elle n'a pas tellement d'opinions sur le sujet. Son mari développe l'idée d'une coopération, de fédérer tous les viticulteurs qui tirent le diable par la queue.

— Mais enfin, tu les connais, c'est parfaitement utopique. D'une part ils n'ont pas un sou vaillant, d'autre part ils ne voudront pas travailler ensemble ! s'insurge Marc.

— De toute façon, la première étape c'est de trouver une formule, si ça ne marche pas, pas la peine de penser à une suite. Ça, c'est de ton ressort.

— Pas trop sucré, un produit le plus naturel possible, et le truc très facile à boire, reprend Claire. Qu'on peut boire à tous les âges.

— Au moins ça éviterait aux jeunes de s'empoisonner, comme ils le font sur toute la planète, intervient Marie de sa voix discrète.

— Un truc qu'on puisse produire en grosse quantité avec une technique légère, mais qu'on ne puisse produire qu'avec du raisin.

— C'est exactement ça. Penses-tu que ce soit faisable ?

— Écoute, comme ça, je ne vois pas pourquoi ça ne le serait pas. Mais ne nous emballons pas.

— Je vais aussi en parler à Paul. En dehors de lui, bien sûr, motus total ! Rien sur Facebook !

— Robert, enfin…

— Tu mériterais d'être privé de dessert, et ça serait dommage, j'ai fait une tarte avec les fraises du jardin, dit Claire en se levant.

— Oui, je suis vraiment idiot. Et je veux du dessert !

Une fois son ami parti, Marc se change et enfourche son vélo. Pas très recommandé après un déjeuner, alors qu'il fait encore chaud, mais autant Robert réfléchit en voiture, autant lui aime pédaler sur les petites routes de l'Entre-Deux-Mers. Il ne sait pas pourquoi, bien qu'il soit séduit car il aime les idées nouvelles, il sent sourdre une inquiétude. N'est-ce pas trop ambitieux ? Après tout, ils ne sont que des petits viticulteurs, et la bête ne risque-t-elle pas de les dévorer ?

Robert quant à lui se sent des ailes. « Et voilà » se dit-il en conduisant. « Il faudra taper vite, fort et discrètement si on ne veut pas se faire piquer l'idée, ou la faire tuer dans l'œuf « . Il laisse un message sur le portable de son fils. « C'est papa. Vous déjeunez à la maison dimanche ? J'ai à te parler d'un projet. « Professeur d'agronomie à Toulouse, Paul, s'il est très occupé, est toujours là pour soutenir son père. Non seulement ils se connaissent par cœur, mais se complètent. Le fils sait que son père avance sans faillir, et va jusqu'au bout de ses idées, à sa manière sans détour. Paul cherche les ficelles, il fait l'avocat du diable s'il le faut. Et puis, lui et sa famille aiment venir à Taste Vieille : c'est un lieu intemporel où on savoure le passage du temps, le temps de l'horloge et le temps des saisons. Roseline qui les connaît depuis leur naissance fait un peu office de grand-mère bis. Les enfants lisent les livres que leur père lisait à leur âge, regardent les DVD qu'il regardait, font la cuisine avec leur grand-mère, tout comme lui la faisait avec sa mère, vont se mouiller les pieds dans les chais, rabroués par Jean-Philippe, font courir Rex jusqu'à épuisement, et adorent descendre dans le caveau où de grosses bouteilles dorment sous la poussière, chaque pile ornée d'un bout d'ardoise portant l'année de la vendange.

Ici, ils peuvent faire du vélo et se promener dans les vignes sans risquer d'être renversés ou agressés. Et puis il y a les chiens ! Marie élève des épagneuls bretons depuis qu'elle est toute jeune. Pas tellement pour les vendre, mais parce qu'elle voue une passion à cette race, vive et intelligente. Les enfants apprennent plus sur la nature et la vie au chenil que par la télévision… Après la vie toulousaine, c'est le paradis.

3

Le lendemain, c'est la journée du comptable. Georges Martinez attend au salon en compagnie de Marie que Robert finisse l'embauche. C'est un homme jovial, le sourire pointe sous sa moustache, sa chemise dépasse de son pantalon. Son cabinet suit la propriété depuis trente ans, et la plupart de ses clients sont des amis. Il sait positiver les situations les plus tendues. Il est avisé, connaît toutes les ficelles et arrive à faire survivre des entreprises dans la tempête, en leur évitant des écueils, celui d'emprunts trop lourds ou de matériel inadaptés, que banques et fournisseurs présentent comme indispensables. Il accompagne les discussions avec l'administration, avec les banquiers, avec les caisses de retraite, enfin, il soulage d'un grand poids les viticulteurs accaparés par leurs tâches. Quel autre métier demande autant de cordes à son arc : de la matière première à la vente du produit fini, y compris le soin de l'image de marque ?

La réunion dure toute la journée, heureusement il y a la pause déjeuner, où on rit des anecdotes, toujours nouvelles, que Martinez se délecte à raconter. Il vient de lire un article rapportant qu'un vin issu de vignes Européennes, vendu 2,35 € a été envoyé par des journalistes à un concours et a gagné une médaille. Comme quoi, il y a de la place pour tout le monde !

Il faut fignoler le bilan et ils ont beau tordre les chiffres, ils ne sont pas bons. Les coûts et les charges ont augmenté alors que les prix de vente stagnent depuis plusieurs années. Certes on vend, mais on ne fait plus assez de chiffre. Le matériel est amorti, mais vieillissant, et les vins de Taste-Vieille ne connaissent pas la barrique neuve depuis bien longtemps. Et il y a ces emprunts, qu'on renouvèle sans espoir de jamais en voir la fin. Autrefois, on pensait à acheter ou replanter une parcelle, Robert revenait des salons professionnels avec des dépliants de nouveau matériel. Aujourd'hui, on gratte autant qu'on peut.

Robert met son comptable dans la confidence du projet, et lui donne les chiffres qu'il a collationnés. Celui-ci enlève ses lunettes et regarde son vis-à-vis avec étonnement. « Quelle drôle d'idée… Après tout c'est souvent celles qui ont l'air farfelues qui marchent le mieux. Bien sûr, je vous fais une étude chiffrée, aucun problème. »

On est bientôt dimanche et la réunion familiale à venir anime la maison. Roseline prépare un gâteau pour les enfants, puisque le dimanche elle n'est pas là. Il ne faudrait pas la pousser beaucoup pour qu'elle laisse son mari à la maison et vienne passer la journée à Taste Vieille. Le dimanche matin, Robert et Marie passent la matinée à cuisiner et choisir les vins, mettent un joli couvert ; enfin, des roues sur le gravier, un léger coup de klaxon. On déjeune sous les tilleuls. Les hommes s'activent autour de la côte de bœuf. Le déjeuner est animé. Marie rayonne, elle n'aime rien tant que ces invasions pleines de tendresse. Autour de la table il y a bien sûr Paul, il y a sa femme Mireille, visage rond, yeux pétillants sous une chevelure bouclée, Jules, adolescent poussé en asperge comme son père, et Adèle, la rêveuse. On déguste un Taste Vieille de 1970, en magnum, encore fringant. « Votre père n'était pas encore né, et votre grand-mère avait l'âge de Jules quand on a vendangé ce millésime. » L'aîné ouvre de grands yeux, la fillette fronce les sourcils, tâchant d'imaginer sa grand-mère en tee-shirt et en jeans, tout en humant le verre de son grand-père. « Ça sent comme les grosses roses rouges du jardin, non, Mamie ? »

La dernière bouchée avalée, Robert se lève.

— On prend le café au bureau, dit-il en faisant un signe de tête à son fils.

— Qu'est-ce qui se passe ? demande Mireille à Marie. Des conciliabules ?

— Ton beau-père a une affaire en tête et ça va durer tant qu'il n'est pas arrivé au bout, tu le connais.

— Je vois que ça t'inquiète. Mais Paul va le tempérer. Ou essayer.

— Malheureusement ce n'est pas Rafaël qui aiderait son père. Il nous serait bien utile sur la propriété, et en plus, il me manque.

— Comme ça doit être dur pour une mère… J'aurais aimé le connaître, mais Paul n'aime pas en parler. Ça fait combien de temps déjà ?

— Vingt ans bientôt. Oui, c'est dur, bien sûr. Il s'est senti exclu, enfin, c'est ce que j'ai fini par comprendre. Mais ce n'est pas une raison suffisante pour disparaître comme ça… Elle soupire. Allez, partons faire un tour dans le parc avec les enfants, il y a encore des fraises des bois.

— Et les chiens ! s'exclame Adèle.

— Ils ont bien grandi, ils sont presque sevrés. Le petit mâle que tu aimes bien est un vrai foufou.

Robert s'installe à son bureau, et Paul plie sa grande carcasse dans le fauteuil qui lui fait face.

— Papa, avant de commencer, il ne faut pas que maman donne un chien à Adèle, on habite en ville et Mireille n'est pas du tout d'accord.

— Ça sera fait. On le gardera ici, mais ça sera son chien. D'accord ?

— Parfait ! Alors, qu'est-ce que tu nous prépares ?

— Tu sais que la filière souffre. Si elle ne s'adapte pas à la consommation actuelle, elle disparaîtra. J'ai une idée un peu incorrecte, je sais…

— Ah, enfin, ça va bouger ! Dis-moi tout, je pile du poivre !

— Marc et moi avons l'idée d'un soda super commercial à base de jus de raisin. Après tout, ces boissons marchent du feu de Dieu.

— Tu ne vas pas empoisonner la planète, toi aussi ! lance Paul en riant.

— Non, justement, on va faire du sain, sans pomper dans les nappes phréatiques ni ajouter du sucre. J'ai encore un peu de morale, on dirait que tu en doutes ! Tu connais Marc, ce genre de trucs le passionne. En attendant qu'il nous ponde une formule, il faut penser à l'organisation de tout l'édifice, le souci étant d'agir discrètement. Moi je penche pour un système coopératif, car c'est bien l'idée d'association la base du projet, mais lui pense que c'est idiot.

— Tu veux dire que tu veux demander aux producteurs de fournir du raisin et de participer à l'aventure ? Mais tu ne peux ni demander de l'argent, ni quelque valeur que ce soit, à des gens qui sont déjà pris à la gorge, ni fédérer tous les producteurs de Bordeaux générique. Il faut créer la société d'abord, une coquille vide avec un objet social vague, le plus large possible. Tu déposes la marque. Et on refait un point en fonction de la recette qu'aura concoctée Marc.

— Tu as raison, je vais toujours trop vite, il me tarde d'arriver au but avant d'être parti !

— Ça, on te connaît. Mais, Papa, pour que l'affaire soit viable, il faut qu'elle rapporte. Ce n'est pas un truc artisanal auquel tu penses, il faut penser gros. Pourquoi pas travailler avec une de ces grosses boîtes internationales ?

— Je vois mal comment on peut s'associer avec ce genre d'entreprises. On n'est pas du même monde, et puis mon idée, c'est de sauver les vignobles bordelais, pas de gagner du fric. Tu sais bien que je m'en fous. Si on peut éviter les arrachages, tu vois…

— Regarde toutes les entreprises innovantes, elles se font aider par des *business angels*, par des fonds européens, enfin elles ne partent jamais seules à l'attaque. Et bien sûr, je vois ce que tu veux dire à propos des plantations, je sais que ça t'arrache le cœur. Ce sont des années et des années de travail qui partiraient en fumée. Il fait une pause et soupire. Les négociants seraient moins dans l'idée immuable d'un Bordeaux de tradition, ça serait une ouverture parfaite, on ferait un produit estampillé Bordeaux, ce qui lui donnerait une force supplémentaire.

— Tu penses, avant que le bag in box et les bouchons à vis aient une place ça a été toute une histoire, alors faire du soda… Mais je reste persuadé que c'est une bonne idée.

— Les vins de Bordeaux se résumeraient au-dessus du panier.

— Tu as tout compris, fiston.

— La sœur de Mireille bosse dans un cabinet d'avocats internationaux basé à Londres. Bénédicte, je ne sais pas si tu vois. Elle est vraiment compétente, et très sympa en plus. Ça pourrait être intéressant de lui demander un coup de main. En plus, elle te dira sans détour si c'est une idée fumeuse.

— Et tu crois que si elle accepte ça sera gratis ? Parce que je ne peux pas payer les honoraires de ces bazars-là.

— Je lui pose la question. On verra bien ! Et puis je vais quand même faire une liste des mammouths de l'agro-alimentaire que l'idée pourrait séduire.

— Cette fois, c'est toi qui t'emballes. Tu n'es pas mon fils pour rien, on dirait ! J'ai encore une question. Robert se racle la gorge. Tu serais éventuellement notre associé ?

Paul se lève et fait le tour du bureau. Il prend son père dans ses bras.

— Merci mon grand. Ça ne te coûtera rien.

— Mais ça me rapportera des millions répond Paul en riant. Il regarde sa montre. On ne va pas tarder à y aller, les enfants ont du travail, et l'entrée de Toulouse c'est de pire en pire. Ma belle-sœur te contactera directement. Au fait, ça s'appellerait comment ta boisson d'avenir ?

— Qu'est-ce que tu dirais de Bordo-Soda, tout simplement. ?

— Évidemment !... Ah, j'allais oublier, bravo pour ta page Facebook, vraiment sympa.

— C'est Claire, tu sais, la femme de Marc, qui s'en occupe, elle ne veut même pas qu'on la paie.

Une fois que Robert et Marie sont seuls, elle se sent triste d'un seul coup. « Pourquoi ai-je parlé de Rafaël à Mireille ? Qu'est-ce-qui m'a pris ? Vieille bête, tu te fais mal pour rien ». Elle se rappelle comment tout ça est arrivé, son mariage précipité, et elle, le cœur brisé, qui se fichait bien de ce qui pouvait arriver. Elle a tout accepté, que le nom de sa famille disparaisse de l'étiquette de Taste Vieille et puis finalement, Robert a été un bon mari, attentionné, gentil, travailleur. De quoi aurait-elle pu se plaindre ? Elle part vers le chenil, il est temps de nourrir les chiens.

4

Ils ne sont pas les seuls à agir rapidement : à peine deux jours après avoir vu son fils, Robert reçoit un mail.

« Cher Robert,

Paul m'a expliqué votre projet. Je suis à votre disposition pour vous aider, aussi loin que je le pourrais, sur mon temps libre. Cela me semble passionnant, et toute expérimentation est constructive. Merci de me contacter au numéro ci-dessous à partir de 19 heures pour que nous en parlions de vive voix.

Très cordialement,

Béatrice Verdiguet-Sutter,

Business Lawyer, Trudet and Partners, London. »

Il téléphone aussitôt au numéro qui apparaît sous l'en-tête. Béatrice, c'est amusant, a pris une pointe d'accent anglais. Robert se souvient vaguement d'une fille aux longs cheveux châtains, raides, plutôt mal fagotée, très différente de sa sœur. Elle vit à Londres depuis dix ans. Robert ne l'a vue que le jour du mariage de son fils. Elle saisit rapidement le problème : création d'une société, système coopératif ? Latitude de production en zone AOC ? Utilisation de l'image de Bordeaux ? Elle a aussi compris que l'idée de gagner de l'argent n'a même pas effleuré Robert, pour qui cette opération a pour but unique le sauvetage de ses collègues en difficulté. Elle rit quand il refuse l'utilisation des mails. Il y a un vieux fax au bureau, que personne n'utilise plus.

Et puis le mois passe, chacun travaille de son côté sur cette idée encore un peu vague, rassemblant des éléments, sans que le projet prenne une place primordiale dans sa vie. Au chai on fait de l'habillage, on commence à vérifier le matériel pour les vendanges.

En Août, tout tourne au ralenti, sur les deux propriétés comme sur toutes les entreprises, le personnel s'égaie. Claire part souvent à la plage, parfois elle arrive à traîner Marc à l'Océan. Déjà, le 15, il s'envole vers les États-Unis. Paul, Mireille et les enfants partent vers la Méditerranée, mais Robert et Marie restent à la propriété. On ne peut pas laisser les chiens, d'une part, et puis il fait bon dans la maison, où il y a toujours à faire. Elle range les placards, fait du tri. De temps en temps ils partent dans les Landes passer la journée sur une petite plage sauvage encore préservée. Pique-nique sous un pin, un bain dans les rouleaux revigorants, et retour à la maison. Rex court tout son saoul sur la plage, il se roule dans l'eau, et il faut le passer au jet en arrivant. Les soirées sont longues, ils dînent sur la terrasse et se couchent tard.

L'été avance, les longs rubans de la vigne se figent sous le soleil brûlant, vibrant à peine dans les nuits chaudes, crépitant sous les orages soudains. Robert surveille le vignoble, reprend les comptes, se documente, ronge son frein car les vendanges ne vont pas tarder. Septembre est là. Les baies mûrissent vite, il faut les surveiller attentivement. Un indice de maturité infaillible à Taste Vieille, c'est Rex. Quand on le voit se faufiler sous les fils pour manger des raisins, on peut y aller !

Les deux viticulteurs attendent impatiemment les premières bastes pour mettre en pratique les formules élaborées par ce dernier : extraction des jus, filtration, concentration et ajout d'une sélection d'épices-poivres, cardamome, piment, gingembre, cacao, vanille-finement dosée. L'emballage devra être recyclable, économique au transport, le plus performant possible. Dans l'air du temps.

Un soir, Robert téléphone à Roudié, et une voix ensommeillée lui répond.

— Robert, tu sais quelle heure il est ?

— Pardon Claire, je suis désolé, le portable de Marc ne répond pas…

— Tu ferais mieux d'aller te coucher, il et presque minuit. Il est rentré il y a deux jours. Il est sur le pied de guerre jour et nuit.

— Bon, bon, je l'appelle demain. Bonne nuit. Excuse-moi encore.

5

La première semaine de septembre, avant le coup de feu, le CIVB[2] a convoqué tous les viticulteurs pour une réunion de crise, et faire le point sur la conduite à tenir. Il y a du monde comme jamais dans la grande salle grise et or, pas assez de places assises, la foule se presse dans les encoignures des fenêtres, des portes, se serre dans les places laissées vacantes par les chaises. La matinée se passe en discours, chiffres à l'appui, tenus par une brochette en costume trônant sur une estrade, surplombant la salle pleine de producteurs, visages cuits par le soleil, certains en tenue de travail, d'autres ont glissé

2- CIVB : comité interprofessionnel des vins de Bordeaux

ce matin une cravate autour de leur cou, parce qu'ils allaient à Bordeaux. Ils ont tous le visage de la victime qui attend le coup de grâce.

Certains lèvent le doigt, posent des questions générales. L'un d'entre eux s'énerve soudain, il se lève en bousculant sa chaise, et crie, la tête projetée en avant : « On vous paye des cotisations alors qu'on ne gagne plus rien, ça finit par faire des sommes énormes. Qui servent à quoi ? À aller faire les singes à « Hong-Kon », à payer des publicités imbéciles à la radio. Même votre Vinesspo, il marche plus, on vous l'a piqué ! Mais bon sang, on est en train de couler, et les solutions c'est à vous de les trouver, vous êtes payés pour ça. Le jour où on ne sera plus là, où vous serez, vous, hein ? « Robert se retourne pour voir l'intervenant qui s'est rassis, le visage tendu et rouge, tandis qu'un silence lourd pèse sur la salle. Il se penche pour demander à son voisin :

— Tu le connais ?

— Un peu, répond l'autre. « Il est de Blaye ou par là. Il s'appelle… Attends, je perds la mémoire. » Il passe sa main sur sa tête comme pour recoiffer ses idées. « Boutière, ou un truc comme ça. «

— Ah, merci, répond Robert d'un air détaché. Il passe l'assistance en revue. Que des vieux, la moitié ont au moins soixante-dix ans. On aura du mal à les convaincre se dit-il, sans penser qu'il a le même âge.

Le responsable de la communication prend le micro. « Croyez-bien que nous sommes en première ligne, et que l'argent de vos cotisations est utilisé avec la plus grande parcimonie. Nous travaillons sur l'export lointain, parce que les marchés Européens ne sont pas suffisants. La consommation a baissé de 30% en dix ans, et les vins du Sud nous ont dépassé en valeur et en quantité. Nous en avons déjà parlé en début de séance. Si nous abandonnons toute communication, la situation ne fera qu'empirer… » Un brouhaha couvre la voix de l'orateur.

Robert cherche Marc des yeux, et aperçoit sa silhouette longiligne appuyée à la porte. Il a dû arriver en retard.

La réunion finit après treize heures ; les auditeurs se pressent vers la sortie, la plupart ont plus d'une heure de route. « Le temps de passer le pont de Pierre, avec tout ce bordel », entend-il.

Il rejoint Marc :

— On mange un bout ?

— Ok, répond celui-ci.

— Je voudrais choper le gars qui a parlé tout à l'heure.

— C'est une grande gueule, il est connu pour ça.

— Suis-moi.

Ils se faufilent entre les dos qui se bousculent, ne saluent personne, et finissent par rattraper Boutière qui marche à grandes enjambées, ses clefs de voiture à la main.

— Monsieur, excusez-moi. Nous étions à la réunion. Nous sommes en train de travailler sur des solutions alternatives. Nous cherchons des confrères motivés.

Le type les dévisage d'un œil méfiant : « Et vous êtes ? »

— Robert Guyot, Château Taste Vieille, Haut-Médoc.

— Si vous croyez qu'on peut quelque chose pour faire bouger cette armada de bras cassés…

— Notre idée, ce n'est pas de les faire bouger, c'est de trouver une solution en dehors du système existant.

— Eh beh, bon courage.

L'autre a déjà tourné les talons et repris son chemin.

— Rien à en tirer… Marc hausse les épaules. Tu es garé où ?

— Au parking sous les quais.

— Bon, on se fait quelques huîtres ? Claire est de mauvais poil, je vais passer vite fait à « La Machine à Lire » lui prendre quelques bons bouquins.

— C'est de ma faute, je n'avais pas vu l'heure. J'étais encore au chai, il faut faire gaffe avec les malos[3] cette année.

— J'ai déjà trois cuves finies.

Ils s'installent sur une petite terrasse avec vue sur les colonnes du Grand-Théâtre, et un verre de blanc à la main regardent les gens déambuler. Les huîtres du banc d'Arguin ont goût de mer et les font sourire aux vacances de leur enfance.

3- Fermentation malolactique (provoquée par des bactéries) qui intervient une fois la fermentation alcoolique terminée.

— Tu es plus jeune que moi, dit Robert ; à mon époque, on vivait comme des sauvages pendant les vacances au bord du Bassin. C'était magnifique. On pouvait traverser le bassin en dériveur, on allait à pied à l'Océan…

— Maintenant c'est tout mité, dit Marc, même la forêt domaniale du Canon. Mais les huîtres sont toujours aussi bonnes… Il en gobe une avec gourmandise. Il est bizarre ce Boutière, tu ne trouves pas ?

— Le problème c'est que c'est le seul à avoir ouvert sa gueule… Il n'y a que des vieux aussi !

Marc le regarde, un sourire au coin de l'œil.

6

Quand les analyses de raisin lancent enfin le feu vert des vendanges, ils sont fin prêts, excités, mais parfaitement conscients que l'aventure ne sera pas simple.

Les vendangeurs peuplent la vigne de taches colorées, l'animent de voix sonores, et les petites routes sont parcourues du va-et-vient des remorques chargées. Les chais sortent de la léthargie, et ronronnent du bruit des machines jusqu'après la nuit tombée. L'odeur douce des baies écrasées imprègne l'air jusque dans les maisons, parfum de cette fête laborieuse et épuisante, produit d'un an de préparatifs attentionnés dont le succès conditionne la vie de l'exploitation. Le temps ne compte plus, les deux hommes mangent à n'importe quelle heure, se couchent tard et se lèvent tôt. Les vendanges sont toujours une période de travail intense et de stress, mais celles-ci sont un baptême pour Marc et Robert. Dans chacun de leurs chais, une petite cuve est mise de côté, réfrigérée ; c'est juste du moût qu'on empêche de fermenter. Autant à Taste Vieille qu'à Roudié, le personnel se demande quelle est cette lubie. Une nouvelle technique ? Une commande particulière ?

Les cuves sont pleines, elles chantent doucement quand on met l'oreille dessus. Les moûts sont superbes, on a ramassé suffisamment tôt pour éviter la surmaturité, et garder quelques tanins bien structurants. Maintenant, il faut être précis dans la vinification, c'est comme en cuisine, on suit une recette sans faire un pas de côté.

Lors de la gerbebeaude, traditionnelle fête de fin de vendanges, où les vendangeurs, le personnel de chai et les patrons sont réunis autour d'une table sous les tilleuls, Robert, dans son discours prononcé à l'adresse de toute l'équipe, le verre à la main, fait allusion à une expérience de vin chaud demandé par un négociant suédois. Il pousse même le sens du détail à le baptiser : SkØllson. Il a écrit ce nom sur la cuve : une fois celle-ci baptisée, son mystère tombe et personne n'y fait plus attention.

Et puis, les jours raccourcissent, la température fraîchit et les feuilles des vignes se tachent de rouges, du carmin au garance. Bientôt les chasseurs en treillis tireront sur les rares oiseaux. Si le travail de la vigne peut se relâcher en attendant la taille, celui du chai bat son plein. Marie surveille avec appréhension la santé de son homme qui ne s'économise pas. En mettant les notes au propre et en tapant les faxs pour Béatrice, elle voit se dresser une machinerie qui risque de les dépasser. Il ne peut pas créer une multinationale tout seul … Elle demande à Paul de calmer son père ; il lui rétorque que l'action est le meilleur des carburants pour un moteur en bon état.

7

Un matin, Marc déboule à Taste Vieille, une glacière à la main. Il trouve Robert dans le coin labo du chai en train de s'apprêter à déguster les premiers lots.

— Je n'ai pas eu le temps de t'appeler avant de venir.

— Au contraire, tu tombes bien, on a fini les premières cuves. Tu veux goûter ? Les analyses sont parfaites.

— On goûtera le Taste Vieille après. Je t'amène les échantillons de Bordo-Soda.

— Ah ! Alors ?

— C'est pas mal du tout. J'ai fait trois essais, avec des gazages et des dosages d'épices un peu différents. En fait je dois t'avouer que je suis assez bluffé.

Robert se frotte les mains, les yeux brillants.

— Je suis très impatient. Allez, présente-moi ce bébé.

Il installe trois verres à dégustation sur la paillasse en carrelage blanc et Marc verse dans chacun un peu de chaque échantillon. Le liquide est rouge très sombre, et des bulles viennent se coller à la paroi du verre embué. En silence, ils prennent les verres les uns après les autres, sentent, goûtent.

— Froid comme ça, on ne peut pas voir s'il y a des défauts. dit Robert.

— Je n'en ai relevé aucun depuis le début, répond Marc.

— C'est bon hein, moi qui ne bois jamais ces trucs-là. Rafraîchissant, net, ça donne un coup de fouet. Tu as concentré à combien ?

— 60 pour cent.

— Et pour gazéifier ?

— Là tu as trois échantillons avec des taux différents et un taux de sel différent. Tu préfères lequel ?

— J'ai un faible pour le 2.

— Moi aussi, c'est celui qui a le taux de sel le plus élevé, et aucun sucre ajouté.

— Ça tombe à pic, nous avons les petits-enfants pour une semaine, on va faire un test sur la clientèle cible !

Ils se précipitent vers la maison, comme deux gosses qui ont mis au point une bonne blague.

Robert appelle « Jules ? Jules ? »

— Ouais, répond une voix mal accordée depuis le salon.

— Viens par là.

— Salut ! dit l'échalas aux cheveux en bataille en tendant à Marc une longue main.

— Mon grand, nous avons besoin de toi, pour un test.

— Un test ? Pour du vin ?

— Pas tout à fait du vin. Tu vas goûter trois échantillons et nous dire exactement ce que tu en penses.

Marc recommence le scénario des trois verres, sous l'œil intrigué de Jules, les mains dans les poches arrière de son jean.

— Voilà, tu vas goûter les trois, tu dis celui que tu préfères. C'est pas très compliqué.

Jules se prête docilement à l'opération. Là encore c'est le 2 qui l'emporte.

— Y a pas photo dit Marc.

Jules vide le verre d'une gorgée, et fait un léger rot.

— Eh bien ! dit Robert,

— C'est pas du vin, ce genre de trucs ça se déguste pas. C'est super bon, c'est quoi ?

Marc et Robert se tapent sur l'épaule en rigolant.

— Non, sans blague c'est quoi ?

— Un projet. Mais il ne faut en parler à personne. Je te le dirais si ça sort sur le marché. Va donc chercher ta sœur.

— Tu vas voir, Marc, ma petite fille pourrait être parfumeuse.

L'enfant arrive, rougissante, et tend une joue à Marc.

— Dis-moi ma chérie, toi qui es une super dégustatrice, tu vas me dire ce que tu penses de ça.

La fillette met le nez dans le verre, fronce le sourcil. Elle prend une petite gorgée et la fait tourner dans sa bouche.

— C'est du soda, c'est pas du vin ! Moi j'aime pas trop ces trucs en fait.

— Mais tu trouves ça comment ?

— Pas dégueulasse, meilleur que le Lola en tout cas.

Les deux amis partent d'un grand rire, et la fillette ouvre de grands yeux.

— Ben quoi ?

— Une petite question, Jules, intervient Marc. Tu bois dans quel verre d'habitude ?

— Euh, ben, ma mère m'engueule mais je bois à la bouteille.

— C'est bien ce que je pensais dit Marc, on pourrait le conditionner en gourdes. Mais bon, on verra ça plus tard.

— Merci mes chéris, dit Robert, on se retrouve pour le déjeuner. allez, filez, Roseline vous appelle.

Une fois assis derrière son bureau, Marc en face de lui, Robert chausse ses lunettes et tire vers lui le déjà volumineux dossier jaune marqué SkØllson. On frappe à la porte. Marie glisse la tête par l'entrebâillement.

— Jean-Philippe voudrait savoir si la broyeuse à sarments est réparée.

— Qu'il appelle Duport. Ça devrait être fait, sinon qu'il le bouge.

— N'oublie pas Georges Martinez à cinq heures, reprend-elle.

— Ah oui c'est vrai, merci ! Il regarde sa montre. Bon, revenons à nos moutons. La société c'est fait, SkØllson SARL, au capital de 1.000 €, tous les deux gérants associés, et Paul minoritaire. La marque c'est fait, il lui tend un document de dépôt auprès de l'OHMI de la marque Bordo-Soda appartenant à la SkØllson. Tu tiens une compta des frais engagés pour cette affaire ? Non ? Eh bien il va falloir t'y mettre. Marie a ouvert un livre de comptes et elle classe les factures. Il faudra que tu m'envoies les tiennes. Béatrice Verdiguet nous a filé un sacré coup de main pour tout ça, dit-il en tapant du plat de la main sur un paquet de feuilles. Ah aussi, l'étude chiffrée. C'est mon comptable, Martinez, qui l'a faite.

Marc lit attentivement la première page.

— Il ne faut pas oublier la logistique. Il nous faudra un lieu de stockage centralisé, où on puisse conserver au froid dans des conditions d'hygiène parfaite.

— Oui, j'y ai pensé, dit Robert en se frottant le crâne. Il faudrait un gars qui chapeaute l'organisation de la collecte, du transport et du stockage.

— L'idéal ce serait de s'appuyer sur une coopérative. Je connais bien le directeur de la plus grosse coopérative de la région. On a fait œnologie ensemble. Je vais aller lui parler. Maintenant fais-moi goûter tes vins !

8

Robert voit déjà la viticulture de sa région refaire florès et l'avenir se dégager. Ça ne peut que marcher, le produit est bon, et économiquement ça tient debout. Quant à Marc, il reprend la route le cœur léger. La recette est trouvée, ça veut dire que Bordo-Soda n'est plus une idée mais une réalité.

Quand Marc a appelé Daniel Sautret, son vieux copain de fac et de fêtes a semblé enthousiaste à l'idée de le revoir et de parler de projets nouveaux. Ils en ont sifflé de belles bouteilles et fait des fêtes à tout casser ! C'est idiot, ils travaillent à peine vingt kilomètres l'un de l'autre et ne se voient jamais.

Il gare sa voiture devant la grosse bâtisse en béton ornée de lettres rouges. Daniel le reçoit dans son bureau tapissé de cartes du vignoble coloriées et annotées. La fenêtre est ouverte sur la cour de la coopérative où manœuvrent tracteurs et camions, pas un mouvement ne lui échappe.

Il est content de voir Marc ; ils parlent des amis d'alors, des vendanges, du plaisir qu'ils ont eu à les faire cette année. Daniel aborde de lui-même les souffrances économiques des viticulteurs et Marc s'engouffre dans la brèche, lui présentant la solution miracle. Son interlocuteur l'écoute, le visage immobile. Quand Marc a fini, Daniel secoue la tête. « Mais tu es un grand malade toi ! « dit-il en se tapant le front. « Tu veux que je convainque les viticulteurs de vendre leur raisin pour faire du soda. Ici on fait du vin mon vieux. Que toi tu viennes me proposer ça, je n'en reviens pas… Tu es complètement tombé sur la tête, tu devrais arrêter tes voyages aux États-Unis, ça te trouble la cervelle. Oublie ça, et reprends le collier. On est à Bordeaux ici ». Il le reconduit à la porte en lui tapant sur l'épaule. « Tiens, quelques échantillons de notre production, tu devrais aimer le blanc. Allez mon vieux, j'espère à bientôt, autour d'une bonne bouteille de vin ! »

En descendant l'escalier métallique qui donne dans le chai de la coopérative, puis en passant entre les immenses cuves en inox, Marc est assailli par le doute. « C'était couru d'avance, Robert rêve en voulant sauver l'appellation. Le projet en lui-même n'est pas idiot, mais ce n'est pas pour ici. «

De son côté, Robert va visiter quelques-uns de ses collègues les plus en difficultés. Tous sans exception sont choqués par sa proposition. Pour eux c'est non seulement une utopie mais une injure, d'autant plus venant de Robert Guyot connu pour sa probité et pour avoir toujours défendu le vignoble bec et ongles. L'un d'entre eux lui dit : « Ça fait quatre générations que la famille fait du vin ici, tu es dingue ou quoi ? On va pas faire du soda, cette boisson trafiquée ! Ce serait perdre la figure. Tu es vraiment fou Robert. » Au bout de cinq visites qui se soldent par le même échec et le constat que Marc a obtenu la même réaction de la coopérative, Robert a envie de laisser tomber.

Quand il a Paul au bout du fil, celui-ci s'insurge. « Mais Papa, s'ils ne veulent pas maintenant ça peut être plus tard, quand l'idée aura déjà fait ses preuves. Et puis zut, vous avez travaillé tous les deux. Le produit existe, la marque existe. Pourquoi tu ne proposes pas à une grosse boîte, comme on en a déjà parlé, de s'associer avec vous ? Je vais te lister celles qui pourraient le faire. Et ensuite, tu devrais demander à Béatrice de prendre rendez-vous pour vous, parce que si tu le fais en direct, ils ne liront même pas ta lettre. Si ça foire, tu arrêtes, si ça marche, tant mieux ! »

Évidemment, on ne peut pas attendre de gens qui considèrent une idée comme une utopie née d'un cerveau malade qu'ils en respectent la confidentialité ; le bruit commence à courir, trouvant écho autour des tables familiales, il fait tache d'huile, passant par le courtier venu chercher une caisse d'échantillons, se propageant par les représentants, et bientôt le monde du vin dans son entier est au courant et en fait des gorges chaudes. Certains la jugent dangereuse, d'autre folle. L'excuse qu'ils trouvent à Robert est son âge et certains vont jusqu'à évoquer la sénilité précoce de ce pauvre Guyot. Marc a celle d'aller souvent aux États-Unis et d'y avoir subi une influence néfaste. Robert et Marc sentent bruisser autour d'eux un vent de répulsion. On les évite. S'ils n'avancent pas, ils resteront englués dans cette atmosphère étouffante et médisante. Mieux vaut sauter à l'eau.

Robert reçoit un coup de téléphone d'un négociant qui le sermonne, lui disant que cette affaire est mauvaise pour l'image de Bordeaux et que la profession dans son entier désapprouve. Robert n'est pas très inquiet parce que le négoce bordelais fait à peine dix pour cent de ses ventes, mais cette histoire le met en rage.

— Tu vois, dit-il à Marie, notre filière est la seule qui préfèrent disparaître que se reconvertir. Les céréaliers pensent bien à faire du carburant, eux ! Plutôt que de quitter la couronne virtuelle qu'elle pense avoir sur la tête, la filière viticole préfère crever !

— Mais, répond-elle, si tu ne peux plus vendre ton vin, comment tu vas faire ?

— Je ne vends presque rien par le négoce traditionnel, mes clients me suivront, ils n'ont rien à faire de ces histoires. Finalement, avec ce projet, Marc et moi on pourra peut-être sauver notre peau, gagner de l'argent, et laisser quelque chose à nos héritiers, ce qui ne serait pas le cas au jour d'aujourd'hui. Si je mourais maintenant, Paul écoperait d'un vignoble invendable.

— Tu oublies Rafaël…

— Ce n'est pas moi qui l'oublie, c'est lui qui nous a oubliés.

9

Comme toujours, l'adversité aiguillonne Robert. Se faire sermonner par des gens qui n'ont rien à proposer et laissent le moribond rendre son dernier souffle le met en colère. Paul a raison, passons à la vitesse supérieure. Il laisse plusieurs messages à Béatrice. Elle le rappelle quelques jours plus tard, en s'excusant. Elle travaille sur un gros dossier, et n'a pas eu une seconde. Elle trouve tout à fait juste la réaction de Robert, et pense elle aussi que les viticulteurs se laisseront plus convaincre par des preuves que par une théorie. Une fois qu'ils verront le produit sur le marché, et constateront que ce n'est pas une idée fumeuse, c'est eux qui viendront taper à la porte. Elle propose d'appeler plusieurs boîtes afin de se donner plus de chances.

La première entreprise de la liste à proposer un rendez-vous est la Kidlé. L'avocate ne peut pas venir, et elle explique à Robert comment se comporter pour ce premier contact. Robert appelle aussitôt Marc :

— Prêt à partir pour Genève ?

— Pourquoi Genève ?

— Grâce à Béatrice, on a rendez-vous au siège de la Kidlé, avec le directeur de la branche produits le 10 décembre à 9h30. Tu m'as bien dit que tu partais pour Napa le 13 ? On part le 9 au matin, on rentre le 10 au soir.

— On prend ma voiture.

— Je crois qu'il n'y a pas le choix dit Robert en riant. Pense aux pneus neige, on ne sait jamais. Du côté de Saint-Étienne ça peut glisser un peu.

Il fait encore nuit quand Robert gare sa voiture à Roudié. Un café en silence dans la cuisine, et ils démarrent. À peine sont-ils partis que Marc tend un journal à Robert. C'est une feuille professionnelle, composée de rubriques courtes, sans illustrations, annonçant les ventes d'entreprise, les nouveaux produits mis sur le marché etc. « Regarde-ça, tu es nommément cité ». Robert parcourt tout le document à la lumière de son portable, avant de tomber sur un article très court intitulé *« Bordeaux se met au soda : Les idées ne manquent pas dans le vignoble bordelais. Robert Guyot, propriétaire de Taste Vieille en Haut-Médoc associé avec un flying oenologist de l'Entre-Deux-Mers, a créé une société de soda à base de raisin afin d'ouvrir une nouvelle voie de commercialisation au surplus de raisin.*

Il hausse les épaules et jette le journal sur la banquette arrière. « Qui lira ça ? Je te le demande ».

Ils font un voyage sans histoire sous un ciel gris qui tourne à la pluie aux alentours de Lyon. Ils savourent ces heures où ils ont tout le temps de parler tranquillement. Ils arrivent au tomber du jour dans un hôtel familial au bord du lac Léman, un de ces endroits qui n'ont pas changé depuis la génération précédente ; ils s'installent au salon devant la baie vitrée donnant sur le lac qui s'embrume, les canards qui se replient pour la nuit. « C'est la première fois qu'on prend des vacances ensemble, hein ? Moi qui n'emmène jamais Claire ! » dit Marc en regardant le paysage.

Après le dîner, où ils se régalent de ce qu'on ne mange pas à la maison, escargots, civet de chevreuil, et d'une belle bouteille de cornalin, ils s'installent devant la cheminée, un dernier verre à la main. Robert est tendu, d'autant plus à cause des réflexions reçues ces derniers temps ; Marc lui rétorque que si ça ne marche pas, ils seront quittes pour continuer leur vie comme avant.

— Ça ne sera jamais comme avant, c'est impossible.

— Tu verras, ils auront vite oublié cette histoire ; tu auras peut-être droit à une blague de temps en temps mais c'est tout.

— Et si ça marche cette affaire ? Comment on va gérer ça ?

— Dans tous les cas il y aura un contrat à signer, et il faudra que Béatrice devienne officiellement l'avocate de la SkØllson. Mais bon, ne vendons pas la peau de l'ours.

— Tu sais que non seulement elle a obtenu le rendez-vous, ce qui n'a pas été une mince affaire, mais elle aussi rédigé un contrat de confidentialité qui protégera le projet s'il n'était pas accepté. Elle m'a recommandé de le faire signer avant de commencer la réunion.

— Si ça marche, on lui donnera des parts, c'est le moins qu'on puisse faire.

— Allons dormir, demain il faut être attentifs. Je ne sais pas toi, mais moi je suis dans mes petits souliers, dit Robert en se levant pesamment.

Dans leur chambre tapissée de fleurs, chacun de son côté dort d'un sommeil agité, et ils se retrouvent au petit-déjeuner, les yeux cernés, mais dopés par l'excitation de ce premier rendez-vous.

Le lendemain, à 9 heures, le 4x4 de Marc se gare dans le parking labyrinthique de la Kidlé, véritable petite ville dont l'entrée est gardée par un vigile dans une guérite, à qui il faut montrer pièce d'identité et confirmation de rendez-vous. Des panneaux indiquent les différents bâtiments. *Fournisseurs* : « Ah c'est peut-être pour bientôt » dit Marc en riant. *Administration*, ça ne doit pas être ça. Ah voilà : *Direction*.

Ils entrent dans un cube en verre noir orné d'un K orange au sol. Le nom de l'entreprise occupe toute la façade du bureau d'accueil, derrière lequel deux hôtesses en tailleur noir et petit foulard orange, et un cerbère, cheveux plaqués, fil de radio à l'oreille, les regardent froidement entrer. Une des deux jeunes femmes, visage en plastique peint et cheveux vernis, se penche vers eux :

— Vous avez rendez-vous ?

— Oui, avec Maurice Rochenet-Dubras, à 9 heures et demie. Nous sommes un peu en avance, dit Robert.

Elle consulte un écran : « Société SkØllson ? »

— Exactement répond-il.

— 5e étage, si vous voulez me suivre.

Elle les accompagne à l'ascenseur en ondulant dangereusement sur ses talons, appuie sur le bouton de l'étage un ongle dont le rouge corail brille un instant, et se retire laissant les portes en inox brossées se fermer. La boîte tapissée d'orange monte sans bruit et s'ouvre sur un hall feutré, toujours aux couleurs de l'entreprise.

Un gros bouquet de roses nacrées voisine avec le visage d'une poupée qui se lève aussitôt.

— Bonjour Messieurs. Tout d'abord, éteignez vos portables et remettez-les moi, je vous prie. Elle met chacun dans un sachet plastique qu'elle scelle. Je vous les rends dès que vous sortez de la réunion. Veuillez me suivre.

Elle les installe dans une pièce qui pourrait ressembler à une salle à manger de ministre, immense table laquée noire, sièges baquets orange, murs gris bleus ornés de toiles contemporaines. « Puis-je vous proposer un café ? »

Elle revient avec deux expressos, accompagnés d'un carré de chocolat et de deux petites bouteilles d'eau minérale, tous produits maison, servis dans de la vaisselle siglée Kidlé. Et ils attendent. Longtemps. Une heure passe.

— C'est une technique, dit Marc.

— Une grossièreté, oui, répond Robert.

— Faire attendre affaiblit l'adversaire.

— Heureusement qu'on n'a pas d'avion.

Enfin, un type très mince en costume noir cintré, cravate rouge et chemise immaculée entre précipitamment.

« Excusez mon retard, Maurice Rochenet-Dubras, » leur dit-il en tendant deux cartes de visite. Il semble étonné de l'apparence de ses interlocuteurs, visage tanné, en polo et jean, dont le blouson est posé sur le dossier de la chaise.

— Messieurs, vous avez un projet, je crois.

Robert sort le contrat de confidentialité de sa serviette.

— Avant de commencer, si vous n'y voyez pas d'inconvénient, pourriez-vous signer ce document ?

La bouche de son interlocuteur rit, dans son visage immobile :

— Ah Ah, je vois que vous avez les habitudes des grandes entreprises.

— Nous avons surtout un excellent cabinet d'avocats.

— Je sais ça, répond l'autre en signant le document. Il tend un des exemplaires à Robert. Bien. Commençons si vous le voulez bien.

Robert prend la parole. Il insiste sur la possibilité de prendre avantage sur des boissons très bien installées sur le marché international, car elles ne cadrent plus avec l'envie de naturel des consommateurs, met en avant la souplesse de production de leur produit, expose le fait que la SkØllson est propriétaire du brevet et de la marque déposée, mais n'a pas encore fabriqué, c'est pourquoi ils cherchent un partenariat. Marc, développe ensuite le côté technique et la manière dont il a axé ses recherches. Il parle de la sélection des épices qui font partie de la palette Kidlé.

Maurice Rochenet-Dubras écoute, écrit rapidement d'une main translucide dont les longs doigts enserrent un stylo en or. Marc pose un échantillon sur la table.

— Sans goûter, vous ne pouvez pas être convaincu.

— C'est trop tôt, nous regardons la viabilité du projet et les chiffres avant de goûter quoi que ce soit. Je vous remercie Messieurs. Vous serez contactés sous trois semaines. Bien évidemment, évitez de proposer cette affaire à une entreprise concurrente avant notre réponse.

— Contactez-nous de préférence par fax s'il vous plaît, répond Robert.

— Aucun problème. Vous avez besoin d'un taxi ?

— Merci, nous sommes en voiture.

— Dans ce cas, bon retour.

10

Il est onze heures, et bientôt la voiture a quitté la Suisse. Robert rebranche son portable, aussitôt la messagerie sonne. Marc voit son ami écouter, les sourcils froncés, puis renverser la tête sur l'appuie-tête, le visage pâle.

— Qu'est-ce qui ne va pas ?

— Il y a eu intrusion dans le chai cette nuit. Marie n'a pas voulu m'en parler avant la réunion. Deux cuves de vin ont été ouvertes, et le cuvon de concentré.

— Oh merde ! merde ! merde !

— Cinquante hectos de vin au ruisseau, et la moitié de la réserve de concentré, heureusement il reste la tienne…

— Ton chai n'est pas sous alarme ?

— Non, tu sais, je n'y entrepose pas de grand cru. Toi oui ?

Marc secoue la tête.

— Il faudra peut-être que tu y penses, reprend Robert. Imagine qu'il arrive la même chose à ta cuve, on est foutus.

— Tu crois que ça a un lien avec notre affaire ?

— Mais bien sûr que non ! C'est juste un de ces tarés qui vagabondent. Le gars est rentré, il a voulu boire, et il a ouvert les robinets. Il a dû paniquer. Tu sais comme à Taste Vieille c'est facile de rentrer, et en plus de la maison on n'entend rien.

Robert appelle Jean-Philippe qui lui raconte la porte fracturée, la délicieuse odeur, le concentré collant qui a abîmé une pompe. La gendarmerie est prévenue. Il téléphone ensuite à Marie pour la rassurer et lui dire qu'il sera là dans la soirée. Il hésite à appeler Paul, puis se ravise. Ça ne sert à rien, il a assez de soucis comme ça. Les deux amis n'ont plus le moral et font la route à la limite de l'infraction.

Arrivé à la nuit tombée à Taste Vieille, Robert pose son sac sur le perron et va au chai. La porte est fermée à clef. Il revient à la maison et appelle Marie.

— Tu es déjà là ? Vous avez roulé comme des fous !

— Bonsoir ma chérie. Donne-moi la clef du chai s'il te plaît.

— Jean-Philippe a posé un cadenas.

— On n'a pas de double ?

— Je ne sais pas. Ce que je sais c'est que ça ne changera rien que tu vois ça maintenant, et laisse Jean-Philippe tranquille, il a eu une journée suffisamment difficile. Quant à toi, tu vas venir dîner.

Robert est étonné de l'autorité inhabituelle de sa femme.

— Je donne un coup de fil et je reviens.

Il appelle quand même Jean-Philippe. « Je suis là demain matin à sept heures comme d'habitude, Monsieur Guyot, ne vous inquiétez pas. « Il jette un œil sur le courrier, parcourt celui de la banque, puis éteint le bureau en soupirant. Marie l'attend dans la cuisine.

— Tu n'as pas dîné ?

— Non, je n'avais pas le cœur à ça, maintenant j'ai faim. Allez, assieds-toi.

— Mais, dis-moi, tu n'as rien entendu ?

— Je crois avoir entendu un moteur, mais tu sais, je dors comme un plomb, et puis, la chambre est de l'autre côté. Savoir si je l'ai rêvé ou pas… Raconte-moi Genève.

Le lendemain matin, à sept heures, il fait encore nuit, Jean-Philippe ouvre la porte du chai. Depuis dehors on sent l'odeur du fruit concentré mêlé d'épices, et c'est un délice.

— Ça sent bon votre bazar, dit le maître de chai. J'ai dû laver avec le karsher, c'était collant, je vous dis pas. La vieille pompe était dessous, elle est foutue, le sirop est passé entre les ailettes, et on n'arrive pas à la nettoyer.

— Les assurances ne la prendront pas, elle n'a plus de valeur comptable.

— Et le vin, quand on est arrivés, ça coulait sous la porte du chai jusque dans le caniveau.

Sur une des cuves, une petite écriture maladroite à la craie trace ces mots : « Guyot tiens-toi à carreau ».

— Ce sont des poètes en plus, dit Robert.

— Oui, vous avez vu, n'importe quoi… En tout cas, ils n'ont rien volé.

Robert, qui sait Jean-Philippe dur d'oreille et ne veut pas le vexer n'ose pas lui demander si, depuis sa maison située au bord de la route, il a entendu une voiture.

— Cab n'a pas aboyé cette nuit ?

— Pas que je sache.

À peine le jour levé, la camionnette de la gendarmerie se gare devant le chai. Ils n'ont rien relevé d'anormal aux alentours. La porte a été ouverte sans difficulté, c'est un panneau de bois ancien qui tenait par une simple serrure. Un bon coup de pied aura suffi. Ce qui les intrigue, c'est le mot à la craie. Ils font des photos.

— Vous avez des ennemis dans le coin, ne serait-ce qu'un petit conflit de voisinage ? Ou un employé, un licenciement peut-être ?

— Non, pas du tout, je ne vois vraiment pas, répond Robert.

— Réfléchissez bien, ça peut vous paraître une broutille, insiste le gendarme.

— Mais enfin, vous me connaissez depuis suffisamment longtemps, vous le sauriez si j'étais un habitué des coups tordus.

— Je sais bien Monsieur Guyot, mais ça ressemble beaucoup à du chantage. Et qui dit chantage dit affaire pas propre. Voilà.

— Comme vous y allez ! Comme je disais, c'est un vagabond, sûr.

— Il n'aurait pas laissé de message, mais bon, je souhaite que vous ayez raison, répond l'officier en lui serrant la main. Je ne vous dis pas à bientôt.

Les gendarmes à peine repartis, Robert va s'enfermer dans son bureau. Il pose son portable et prend sa tête dans ses mains. Il ne pouvait pas leur raconter que dans sa longue carrière, il s'est fait mal d'ennemis, à commencer par les cousins de Marie qui avaient vu d'un mauvais œil l'héritière épouser le régisseur. Et puis, au fur et à mesure du temps, des disputes avec des voisins pour des histoires de limites de parcelle, avec des imbéciles venus construire près des vignes qui se plaignaient des fumées noires des pneus brûlés contre la gelée et des traitements. D'un mari jaloux aussi, mais ça, c'était il y a bien longtemps, quand il y avait eu de l'eau dans le gaz avec Marie. Il s'efforce à ne pas penser à sa vie d'avant, avant qu'il n'arrive à Taste Vieille, aux raisons qui l'avaient alors forcé à quitter sa Bourgogne natale. Le bruit d'un message lui fait lever les yeux, il regardera après, il préfère suivre sa pensée.

Ce qu'il trouve bizarre, c'est pourquoi maintenant, alors que ce sont de vieilles histoires. Effectivement, comme disait le gendarme, peut-être qu'une missive de chantage va suivre, on va lui demander de l'argent. Si c'était le cas, il faudrait vendre le beau tableau, un André Lhote accroché dans le château par ses beaux-parents, en espérant que ce soit suffisant. Il recherche sur internet la côte de l'artiste, et prend des notes. On ne sait jamais.

Quelqu'un toque à la porte. « Je suis occupé » répond-il brusquement. Il regarde l'écran de son téléphone, il y a un sms d'un numéro inconnu. En lettres grasses : « *Robert on va te crevé* ». Il hausse les épaules.

11

Le lendemain matin, il part faire le tour des vignes avec Jean-Philippe, et Marie s'apprête à amener les chiots chez le vétérinaire, il faut les vacciner et les faire stériliser. Ils sont tous vendus, à part celui d'Adèle qu'elle a baptisé Jéro, à cause de Jéroboam, Elle est en train d'installer la caisse dans le coffre du break, et a envoyé Roseline chercher les petits. Il n'en reste que quatre, un est mort d'une infection, il s'est blessé à un clou et Marie ne s'en est pas rendue compte suffisamment tôt. Elle en a pleuré toutes les larmes de son corps.

Roseline ne revient pas, Marie s'impatiente et s'apprête à aller la chercher quand elle voit une silhouette échevelée qui arrive en courant autant qu'elle le peut.

— Marie ! Marie !

— Quoi encore !

— Marie… Elle s'étouffe. Il est arrivé un malheur, Mon Dieu, mon Dieu !

— Mais quoi enfin, parle !

Elles partent toutes les deux en courant au chenil. La porte grillagée est ouverte, un papier grossièrement écrit à l'encre bleue est maladroitement scotché dessus : *« Biento votre tour »*. À l'intérieur, la mère et les quatre petits sont couchés, l'œil vitreux, la langue pendante et la gueule pleine de bave. Marie se précipite, sans avoir vu le message, elle s'agenouille, soulève la tête de la femelle, l'embrasse, pleure, la tête dans le pelage de la bête inanimée. Roseline court à la maison. Rex, enfermé pour l'occasion, bondit dehors et court vers le chenil. Elle prend le portable de Marie dans le sac resté sur le siège de la voiture et appelle Robert.

— Qu'est-ce qui se passe ma chérie ?

— C'est Roseline… Robert, faut venir. Il y a eu un malheur. Vite !!

— Mais quoi ?

Elle a déjà raccroché. Robert se tourne vers Jean-Philippe :

— Laissez-moi à la maison, et repartez faire le tour. Il y a un problème.

— Rien de grave ?

— Je ne sais pas, c'est Roseline qui appelait avec le téléphone de Marie.

Ils roulent à toute vitesse dans les allées, et Robert ouvre la porte et appelle. Personne ne répond. Il appelle dans le jardin. Marie répond d'une voix cassée, il court au chenil. Le spectacle le glace. Il aide sa femme à se relever, il lui parle à l'oreille et la porte presque jusqu'à sa chambre. Il la couche sur son lit et permet au chien, qui les a suivis la queue entre les pattes, de rester là. L'animal tremble de tout son corps. Robert appelle le médecin, puis la police, – lui qui voulait éviter de leur mettre la puce à l'oreille – puis va voir Roseline à la cuisine. Elle sanglote, assise à la table.

— Roseline, il faut s'occuper de Marie. J'ai appelé le Docteur Michel, il ne va pas tarder.

Elle se lève en hoquetant, et en se mouchant.

— Ils ont rien fait les pauvres… C'est qui qui a fait ça ? Vous avez vu le papier ?

— Ah non, je n'ai rien vu.

Il court au chenil et décroche le torchon qui volette sur la porte de l'enclos. Il le chiffonne et le met dans sa poche. La camionnette des gendarmes se gare devant le chai, ils montent le perron quatre à quatre et n'ont pas le temps de toquer que Robert a ouvert la porte.

— Bonjour messieurs, suivez-moi. Encore une fois une agression bête et méchante. Ma femme élevait des épagneuls, et la dernière portée, qu'elle s'apprêtait à faire vacciner et stériliser a été empoisonnée. Ils sont tous morts.

Les gendarmes entrent dans le chenil, ils prennent des échantillons dans un sac plastique, font des photos.

— Envoyez la femelle chez le véto pour une analyse. Ça, c'est le truc habituel des cambrioleurs. On tue d'abord le chien avant de passer à l'attaque. Vous devriez mettre une alarme, c'est quand même la deuxième agression, si je ne me trompe.

— Les gitans, vous ne croyez pas ?

— C'est fort possible. Passez au commissariat signer la déposition.

12

La trêve de Noël retarde tout, aucune nouvelle ni de la Kidlé, ni de Béatrice. Marie est terrorisée, mais elle ne fait pas de lien entre le projet et les agressions, en effet, les gitans sont installés sur la commune. Robert quant à lui craint un engrenage. Les associés mettent l'affaire au placard, tant pis, ils vont reprendre le collier, en tâchant de faire survivre leur propriété respective.

Les fêtes réunissent la famille à Taste Vieille. Marie s'échine avec Roseline à faire un grand ménage, préparer toutes les chambres, les deux femmes cuisinent foie gras et pain d'épices, puis elle va passer une journée à Bordeaux pour chercher des cadeaux, des chocolats, enfin tout ce que cette fête réclame tous les ans. Dès que Paul, Mireille et les enfants sont là, Robert oublie ses soucis. On leur explique que les chiens sont sortis de l'enclos qui était mal fermé, et qu'ils sont partis dans la nature. Jules n'y croit pas vraiment. Adèle pleure, on lui promet qu'il y en aura un autre. Ils font des câlins à Rex, malheureux, qui, contrairement à son habitude, ne sort plus de la maison. Il fait un beau froid bleu et le grand-père emmène Adèle et Jules chercher un sapin et de la mousse. La fillette le tient par la main en bavardant comme une pipelette, alors que Jules farfouille dans les buissons, lance des pignes de pin, donne des coups de bâton dans l'herbe, ramasse tout un tas de petites choses dont il remplit les poches de son manteau pour la décoration de la crèche : des cailloux, des petits bouts d'arbres pour faire la forêt, des toutes petites feuilles.

En rentrant ils installent le faux rocher en papier marron, le paysage en mousse avec la rivière en papier brillant, l'éclairage pour le petit Jésus pendant que Marie, Mireille et Paul décorent le sapin. La maison ronfle comme un chat heureux.

Au courrier, il y a une carte pour Marie, elle pleure en lisant un mot de Rafaël qui dit l'embrasser en ce jour de Noël. Robert hausse les épaules, et Paul regarde son père avec tristesse.

Pas une seule fois le père et le fils n'évoquent le projet Bordo-Soda.

La famille passe quelques jours de bonheur, avant que les Toulousains ne regagnent leurs pénates dans la journée du 28. La voiture partie, la maison est de nouveau silencieuse et les soucis reviennent en foule, ils se bousculent comme des voyous affamés dévalisant un buffet de fête. Robert repasse en revue toutes les personnes qui auraient pu avoir ce geste, se demande à nouveau ce qui va arriver maintenant. Il s'attend à un courrier anonyme, voire un mail. Le 30 au soir, il trouve sur le fax un document à en-tête de la Kidlé arrivé dans l'après-midi, adressé à Messieurs Guyot et Reynaud, SkØllson SARL.

« Messieurs,

Comme suite à votre entretien avec Maurice Rochenet-Dubras dans nos bureaux de Genève le

10 courant, nous souhaiterions un complément d'information à propos du produit que vous nous avez présenté.

Nous vous remercions de nous contacter pour un nouveau rendez-vous avec notre comité de direction... »

Il relit la lettre plusieurs fois et se laisse aller en arrière dans son fauteuil, puis, machinalement, se retourne sur son fauteuil pour réexpédier le fax à Marc, puis à Béatrice.

Marie entre doucement et s'assoit sur la chaise qui lui fait face. Ils sont tous les deux dans la lumière de la lampe au milieu de la pièce sombre. « Ça ne va pas ? « demande-t-elle. Robert la regarde sans répondre puis lui tend le fax. Elle chausse les lunettes qui pendent à son cou.

— C'est formidable, non ?

— Oui et non. Ça veut dire que le plus dur et le plus dangereux restent à faire. Tant qu'on ne fait que me vider des cuves, ça va.

— N'oublie pas les chiens... Mais non, ce sont les gitans, tu sais bien.

— Quoiqu'il en soit, partir à Genève ne m'arrange pas du tout, ce serait encore laisser la maison deux jours. Et je vois mal les types de la Kidlé venir jusqu'ici.

Marie baisse la tête, effectivement elle est maintenant inquiète de rester seule la nuit dans cette maison, pour la première fois de sa vie.

— Tu pourrais faire l'aller-retour dans la journée en avion, quitte à partir tôt et rentrer tard.

Le portable de Robert sonne.

— C'est Marc, dit-il en aparté à Marie. Tu as vu ? continue-t-il à l'adresse de Marc. Content, je ne sais pas, plutôt inquiet je t'avouerais. Je ne veux plus laisser la propriété plus d'une journée. Marie a raison, je peux faire l'aller-retour journée en avion. Il faut absolument que Béatrice soit là, on s'arrange pour lui payer le billet.

Il appelle Paul.

— Dis-moi, la Kidlé veut une réunion supplémentaire.

— S'ils vous ont recontactés, c'est que c'est bien engagé. Attention à ne pas vous faire déposséder ni de l'idée ni de la recette. Soyez hyper discrets…

— Oui, il va falloir jouer fin. Si Béatrice est là, tout ira bien. Tu as raison, n'en parler à personne.

— Bonne soirée papa, je t'embrasse.

— Je t'embrasse, moi aussi. On s'appelle demain soir, bien entendu, on en a des choses à se souhaiter ! Je te passe ta mère. « Marie va dans le couloir discuter avec son fils, puis revient en tendant le téléphone à son mari. « Tu as un sms, ça a bipé ». Il voit le même numéro que la fois précédente. « *Robert, on va te zigouillé et ta femme aussi.* » La colère le prend, il jette son téléphone par terre, heureusement la protection résiste.

13

Finalement, le rendez-vous promis est fixé au vendredi 15 Février à 9 heures 30 à la Kidlé Paris la Défense, ce qui arrange considérablement les plans de Robert. Il prend des billets de TGV, et cette idée d'aller-retour journée le soulage. Il reste encore un mois et demie à patienter, dans une période où l'activité est ralentie : rien d'autre que le quotidien du vignoble. En hiver, les jours sont courts, les ceps de vigne dépouillés tendent leurs bras noirs sous le ciel ardoise. Pour tout le monde, hormis Robert, tout est normal. Lui dort mal, il est de mauvaise humeur. Son téléphone est maintenant rempli de messages d'insultes et de menaces. Il hésite à changer de numéro, car il a celui-là depuis des années. Et puis il faudrait qu'il explique à Marie et à Paul, et il ne veut rien leur dire. Il pense que c'est un fou, et que rien n'arrivera, il prend son mal en patience.

Le matin du rendez-vous, il reçoit un sms : « *Bon voyage, méfi-toi…* »Il part à 4 heures du matin et arrive à la gare Saint-Jean plus qu'en avance. Le hall est vide, à part quelques clochards qui dorment sur les bancs, les boutiques sont fermées. Il aurait mieux fait de prendre la route plus tard, mais il ne dormait pas. Enfin, il monte dans son compartiment, et à peine assis, s'endort profondément et ne se réveille qu'à l'arrivée, tout étourdi. Marc, qui est déjà sur Paris, l'attend sur le parvis de la gare. Ils prennent un taxi qui les laisse sur l'esplanade de la Défense. Robert lève les yeux : « Drôle de quartier, on ne se croirait pas à Paris. » Les deux amis déambulent sur la vaste place presque déserte où un air glacé court sans frein jusqu'à la tour noire ornée d'un K orange. Un taxi s'arrête et une femme en manteau marron, bonnet de laine caramel, en descend et s'approche.

— Good Morning Robert, it has been a long time… Vous avez l'air soucieux. Ne vous inquiétez pas ! dit-elle en riant.

— Béatrice, Quel plaisir de vous voir ! Merci encore pour tout le travail que vous avez fait. Voici Marc Reynaud.

— Enchantée, Marc. Elle lui serre la main. Avant de commencer la réunion ne commence, sachez que j'ai reçu une réponse positive du concurrent direct de la Kidlé. Autrement dit on pourra jouer sur les deux tableaux.

Ils rentrent dans la tour, dont le hall est en tout point semblable à celui de Genève. L'accueil et l'uniforme des hôtesses, leur air impersonnel, tout est déjà familier aux deux hommes. On leur demande là aussi d'éteindre leur téléphone et de le remettre au personnel. Robert jette un regard au sien avant de le couper, il y a 25 sms. Il soupire. « Ça va vieux ? « demande Marc. Robert ne répond pas.

Les voilà enfin tous les trois installés dans une salle de réunion plus grande que la précédente.

— Ils doivent ajuster la taille de la salle à l'importance des rendez-vous, dit Marc en riant.

Tu imagines la prochaine fois, ce sera un hall de gare.

— On est bien d'accord, dit Béatrice, on essaie de ficeler un contrat sur les termes du dernier fax que vous m'avez envoyé ? Comme vous me l'avez dit, plus question d'imposer un approvisionnement en raisins de Bordeaux, mais il est primordial que vous soyez impliqués. Tenez, je vous ai préparé un mémorandum à chacun.

— C'est ça, il faut que nous contrôlions la provenance et la qualité, répond Marc.

— Ok, répond-elle, tandis que quatre hommes en costume allant du gris foncé au noir, dossiers sous le bras, entrent les uns à la suite des autres, leur tendent leur carte de visite en se présentant, puis s'assoient de l'autre côté de la table. Il y a là le directeur technique, le directeur financier, le directeur commercial, et un représentant de la direction générale. Ce dernier, cheveux clairsemés soigneusement peignés en arrière, visage barré de lunettes sans montures, cou enserré dans une chemise bleue, mains soignées, ouvre le ban.

— Madame – il incline légèrement la tête vers Béatrice –, Messieurs, Nous avons étudié votre projet, et vous vous doutez bien que si vous êtes là aujourd'hui, c'est parce qu'il nous intéresse. Il correspond à la philosophie de la Kidlé (Marc rit en son for intérieur, la philosophie utilisée à toutes les sauces par tous les marchands de n'importe quoi). En effet, comme vous l'avez vous-même souligné, le consommateur du 21e siècle est plus attentif à la qualité et au naturel de son alimentation, au recyclage des emballages. Nous faisons évoluer la production de notre entreprise dans ce sens. Avec votre projet, nous pourrions rentrer en concurrence avec d'autres sodas à notoriété internationale en proposant une alternative plus moderne qu'eux. Nous avons fabriqué un échantillon sur le principe de celui que vous nous avez laissé et avons fait procéder à une enquête de qualité interne. Le résultat est très positif.

« Attention pense Béatrice, ils sont en train de dire qu'ils sont capables de fabriquer le produit. ».

Marc lève la main :

— Nous avons amené un échantillon de notre production, identique à celui laissé à Monsieur

Rochenet-Dubras. Il serait opportun de pouvoir vous le présenter.

Le responsable technique, un asiatique rond, aux cheveux en désordre intervient.

— J'ai prévu une dégustation en fin de réunion.

— Parfait, reprend le directeur. Avant de passer à cette étape, je tiens à préciser que nous allons devoir créer, travailler et lancer un produit nouveau, ce qui est un effort considérable comme peuvent vous le confirmer Messieurs Wiener et Teduzzo.

Les directeurs financier et commercial opinent de la tête. « Nouvelle chaîne de fabrication, création d'un packaging, publicité, commercialisation. En conséquence, nous vous proposons d'utiliser votre brevet selon un contrat annuel renouvelable. Nous nous chargeons de tout le reste, y compris de la création d'une marque commerciale dans la lignée des produits Kidlé.

— Monsieur Schreiber intervient Béatrice. La SkØllson a déjà répondu par écrit à votre proposition, en voici copie. Elle lui tend un document. Je vous rappelle que la SkØllson a déposé un brevet lié à une marque commerciale dont elle est propriétaire. Il n'est donc pas pensable de séparer l'un de l'autre. Premier point. Deuxième point, mes clients considèrent que leur invention est liée à un critère de qualité des produits de base, et vous ont proposé de se charger des approvisionnements de raisins. Vous savez certainement que ce sont des professionnels reconnus dans leur milieu, Monsieur Reynaud est aussi œnologue conseil depuis 15 ans pour la Watson Winery à Napa Valley ; ils sont tous deux issus de plusieurs générations de viticulteurs.

Elle fait une pause et regarde les hommes qui leur font face. Robert boit une gorgée d'eau.

— Je vous écoute. dit Schreiber.

— Si la SkØllson cédait son brevet à la Kidlé, sous quelque forme que ce soit, c'est uniquement dans le cas où Messieurs Reynaud et Guyot restent responsables qualité attachés à ce produit, et gérants de la SkØllson. Tout est une histoire de chiffrage.

— Bien évidemment, comme il est évident que la SkØllson ne peut pas développer le produit seul.

— Vous êtes certainement d'accord avec moi, répond Béatrice du tac au tac, que la valeur ajoutée des entreprises réside dans la qualité et le savoir des humains qui travaillent pour elles. Il y a des domaines où l'intelligence artificielle ne suffit pas. Il me semble indéniable que Messieurs Guyot et Reynaud connaissent leur métier mieux que beaucoup, et possèdent un sens de l'adaptation prouvée par l'invention qu'ils vous ont proposée. Ils maîtrisent à la fois l'approvisionnement et les techniques de fabrication.

Robert et Marc sont dans leurs petits souliers, Béatrice bluffe sans sourciller.

— Nous avons étudié le profil de ces messieurs, répond posément Schreiber. Ce sont, effectivement, plus des hommes de terrain que d'entreprise. En ce sens, ils ont eu raison de se tourner vers la Kidlé. Nous allons faire une proposition définitive et chiffrée, adossée à un contrat de location exclusive du brevet et de la marque pour 5 ans renouvelables, assorti d'une clause de non-concurrence, que nous enverrons à la SkØllson.

— Il serait bon d'intégrer les variables de production à vos chiffrages, répond Béatrice.

Le directeur se tourne vers le directeur financier. « Ces avocats anglais connaissent toutes les ficelles, hein ? »

Béatrice reste impassible.

— Messieurs, que dites-vous de notre proposition ?

Marc regarde Robert, qui lui fait signe d'y aller.

— Madame Verdiguet-Sutter l'a bien exprimé. Il s'agit maintenant de voir les quantités nécessaires pour le démarrage puis la prévision d'augmentation année par année, car comme vous le savez nous allons être tributaire de Mère Nature.

— Dégustons maintenant si vous le voulez bien, dit le directeur en donnant une tape sur les feuilles posées devant lui. Lenny, je vous laisse faire.

Le responsable technique parle à voix basse dans son portable et la porte s'ouvre sur deux hôtesses portant des plateaux garnis de verres à dégustation et d'un flacon en inox. Elles disposent deux verres et un formulaire de dégustation devant chacun. Marc sort une bouteille de la glacière posée à côté de lui. Il se lève et en sert à chacun, pendant que le directeur technique verse pareillement le contenu du mystérieux flacon. L'échantillon de Marc est d'un rouge sombre, alors que l'autre est couleur jus de fraise. Le silence se fait, et chacun se concentre sur la dégustation.

Au bout de quelques minutes, le responsable technique se lève et ramasse les feuilles.

— Pourriez-vous nous faire une photocopie des résultats ? demande Robert.

L'autre sans répondre, donne à nouveau un coup de fil et une hôtesse vient chercher la liasse de feuilles.

— Une seule copie suffira ?

— Faites-en trois,

— Bien Monsieur, répond la jeune femme en se retirant discrètement.

— C'est clair, dit Marc, la différence entre les deux est dûe aux cépages. Notre échantillon a une trame plus serrée, le vôtre est plus léger, plus sur le fruit et le sucre.

— Vous dites que vous n'arriverez pas à vous fournir à Bordeaux, en plus les raisins sont trop chers, intervient le directeur financier. Il faut trouver des fournisseurs plus compétitifs. Du coup, la question de la marque se posera.

Il tapote sur sa calculette et donne une valeur. Marc et Robert se regardent en fronçant un sourcil.

— Quant au côté gustatif intervient le directeur commercial, votre échantillon a plus de caractère. Il est moins « petite fille ». L'idéal serait entre les deux.

— Je dois avouer, reprend Schreiber, que votre idée tient la route et pourrait rentrer en compétition avec nos adversaires. Wayne, combien de temps pour démarrer une fabrication ?

— Une fois le contrat signé, bien entendu, intervient Béatrice.

— Cela ne fait aucun doute, chère Madame.

— On se donne un an, en pensant bien qu'il faut faire un lancement au tout début de l'été, dit le directeur commercial.

— On peut vous trouver des moûts de l'autre hémisphère, intervient Robert, mais il faut le savoir maintenant. Dans certains coins du Brésil ils font trois récoltes par an, ça peut nous assurer une rotation. Après, il suffit de concentrer et on est tranquille.

— Autrement dit, il faut signer dans les jours qui viennent. Et n'oublions pas cette histoire de marque.

— En attendant dit Marc, donnez-nous au plus vite les budgets d'achat et les quantités nécessaires pour que nous soyons prêts à agir.

Schreiber lui tend une feuille : « Tout est prévu. Voilà ce qu'il nous faudra dès la signature. La balle est dans votre camp si je puis dire. »

Il se lève, tous l'imitent, ils se saluent.

Béatrice, Marc et Robert ne disent mot jusqu'à leur arrivée dans le hall.

— Fouuh, Ça avance à vitesse grand v dit Marc.

— Oui, c'est incroyable dit Robert. Béatrice, il faudra que vous facturiez la SkØllson sinon vous allez avoir des problèmes avec votre boîte.

— Oui, je sais, j'attends d'être sûre que vous soyez engagés, les cabinets d'avocats londoniens ont des taux horaires ruineux.

— À quelle heure est votre avion ? dit Marc.

— Je reste pour le week-end à Paris, mon mari me rejoint cet après-midi.

— J'ai un TGV à 15 heures trente, dit Robert.

— Et moi à 17 heures. On a le temps de casser une graine dans le quartier, ensuite tu sautes dans un taxi.

— Vous ne rentrez pas ensemble ?

— Non, j'ai des soucis à la propriété, je ne veux pas traîner.

14

Ils s'installent dans une brasserie. Béatrice se sent en famille entre ces deux hommes qu'elle connaît à peine. Eux apprécient son regard franc, son visage sans détour ; elle a un sourire qui vient du cœur quand elle ouvre leur cadeau. Sur les instructions de Claire, Marc est allé dans une petite boutique de la rue du Bac.

— C'est drôle, dit Marc, vous êtes née à côté de Toulouse, vous ressemblez à une Anglaise.

— Le pays déteint sur moi, j'y suis partie par attirance, restée parce que je m'y sens bien. Et puis je m'y suis mariée, avec un Anglais on ne peut plus Anglais. Attraction mutuelle en somme. Vous êtes bluffants tous les deux, ajoute-t-elle ? Comment en êtes-vous venus à tout ça ?

Robert se tait, il écoute les autres parler, et vide son verre sans retenue. Marc raconte à Béatrice la genèse de l'histoire, demandant régulièrement son assentiment à Robert qui se contente d'un « mmh » de temps en temps. « Tu n'es guère loquace, aujourd'hui » finit-il par lâcher. Robert guette l'heure sur la grosse horloge qui décore la salle, et se lève brusquement. Il pose un billet de 50 € sur la table, « Il faut que je file, je ne voudrais pas rater mon train. » Il embrasse Béatrice et tape l'épaule de Marc, puis il court attraper un taxi.

— Je ne sais pas ce qu'il a, il n'est pas comme ça d'habitude. À mon avis, il a un souci et il ne veut pas en parler.

— Pas à propos de notre affaire j'espère ! Si ça doit lui faire du mal, mieux vaut arrêter tout de suite.

— Non, non je ne pense pas, il me l'aurait dit.

Arrivé à Montparnasse juste à l'heure, Robert court jusqu'à son train, et s'affale à sa place, essoufflé, le cœur battant. « Mon vieux, tu vieillis », se dit-il en reprenant sa respiration. Dans deux heures il sera à Bordeaux, et dans moins de trois heures à la maison. Il ouvre « *Vins, vignes et vignerons* », que son fils lui a offert à Noël, il se force à lire, car son esprit virevolte. Enfin les passagers s'agitent, le train traverse la Gironde, et entre sous la verrière de la gare Saint Jean. Robert, au milieu de la foule, parcourt le quai, et emprunte l'escalier qui mène à la sortie. Soudain, il est violemment poussé dans le dos, dévale les marches, et sans rien pour se retenir, atterrit dans le couloir, en bas, au milieu des piétons qui l'évitent, certains l'insultent. Quelqu'un lui arrache son porte-document et s'enfuit. Il n'arrive pas à se relever. « Are you hurted ? » crie une femme en se penchant vers lui. Un gros type en tee-shirt rouge court avertir une patrouille militaire armée de mitraillettes qui traverse le hall. Une femme blonde et menue, en treillis, s'avance vers lui d'un l'air décidé et s'accroupit à ses côtés.

— Vous avez eu un malaise ?

— Non, j'ai été agressé, on m'a tout volé…

— Ne bougez pas Monsieur, nous appelons les pompiers.

— Je n'ai plus de papiers…

— On va prendre votre déposition. Elle se lève. Y a-t-il des témoins ?

La première femme dit : « J'ai voir Monsieur par terre, mais euhh pas vu qui faire tomber lui », et le gros homme en tee-shirt rouge « Moi j'ai vu partir un type avec un pantalon de survêtement, mais il courait vite… »

Les pompiers emmènent Robert sur une civière après avoir bloqué sa jambe dans une attelle. Il se laisse transporter comme un paquet, la tête vide. On le laisse attendre dans le couloir des urgences ; il entend les portes coulissantes s'ouvrir et se fermer, les infirmières qui poussent des chariots métalliques ou des brancards, voit passer le haut de perfusions comme des mâts de voiliers par gros temps, observe le plafond beige, les néons, dont l'un clignote. Il se sent épuisé, sa jambe le lance. Des infirmiers tournent autour de lui, sans le regarder, ils s'affairent auprès d'un accidenté qui vient d'arriver. Il attend comme une voiture en panne dans un coin de garage. Enfin, une jeune femme en blouse blanche s'approche de lui.

— Bonjour Monsieur. Vous avez votre carte Vitale ?

— Non, Mademoiselle. J'ai été agressé, on m'a volé tous mes papiers.

— Votre nom, votre date de naissance et votre adresse.

Elle note et revient une liasse de papiers à la main.

— Le docteur va vous examiner.

— Puis-je utiliser mon portable ?

— Pour passer un appel oui, mais pas de longues discussions, ni de jeux ou ce genre de trucs.

— Non, non, je voudrais appeler ma femme pour la prévenir, et qu'elle fasse le nécessaire pour me rapatrier.

— Dans ce cas, demandez-lui de faxer une copie de votre carte d'identité et de votre carte Vitale au numéro que je vais vous donner.

Robert trouve son téléphone dans le fond de sa poche, il n'y a presque plus de batterie, et un message s'affiche : « *On est bien à l'hosto ? Habitus toi Robert, tu y revien bientot.* ». Il ferme les yeux, son cœur bat la chamade. Il attend de se calmer pour téléphoner.

Marie décroche aussitôt, sa voix dénote sa tension et son inquiétude.

— Robert, c'est toi ? Tu as raté ton train ?

— Non, ne t'inquiète pas. J'ai été bousculé à la gare. On m'a transporté aux urgences, au Tripode. Non, je n'ai rien, mais il faudrait que tu me fasses rapatrier en ambulance. Ne t'inquiète pas mon petit. Ne dis rien ni à Paul ni à Marc. Je t'embrasse. »

Robert attend encore sur le brancard, un temps infini. Finalement, une infirmière vient s'occuper de lui, l'aide à enlever son pantalon. Il a un hématome impressionnant et le genou gauche enflé. Après la radio, le médecin diagnostique une entorse. « Vous êtes costaud, dites-moi, » dit-il. « Vu le choc, vous auriez pu vous casser quelque chose. Quinze jours le genou immobilisé, je vous fais une ordonnance. Un peu de rééducation et ça ira mieux. Faudra pas forcer tout de même hein ? Et vous avez une tension très haute. Je vais faire un mot à votre médecin traitant. On va vous garder quelques heures, je veux quelques examens supplémentaires ».

On le trimballe dans une chambre, on le couche sur un matelas étroit et plastifié qui le fait transpirer, à côté d'un vieil homme au bassin dans le plâtre, relié à des tuyaux comme si son système veineux débordait de son corps maigre, et qui respire en gargouillant. On lui fait des prises de sang. La nuit tombe, et il est toujours là. Les yeux grands ouverts, il guette par la fenêtre que le ciel veuille bien virer de l'orange nocturne des grandes villes au gris terne des matins de Février. Après un petit déjeuner de cantine, biscottes et café au lait, on lui fait un brin de toilette. Il attend encore. Il est hors du monde, sans aucun repère, il n'y a ni visage, ni odeur, ni bruit qu'il connaisse et le temps a perdu toute consistance. Vers neuf heures, deux infirmiers entrent dans la chambre avec une chaise roulante pour le ramener à la maison. On le charge à l'arrière d'une ambulance, et il voit défiler derrière la vitre brodée de pluie le paysage familier. Il plonge dans un lourd sommeil.

Ils arrivent vers midi à Taste Vieille. Le bruit familier des roues sur le gravier le réveille. Marie sort sur le perron, sans prendre garde à la pluie et Roseline se tient dans l'embrasure, les mains dans son tablier. Les infirmiers rentrent le brancard dans la maison, portent Robert sur son lit. Il se rendort avant même qu'ils aient quitté la pièce, et il se réveille dans la nuit ; la lampe est toujours allumée et Marie dort tout habillée à côté de lui. Elle pousse des petits cris dans son sommeil.

15

Roseline, qui est pourtant la discrétion incarnée, s'inquiète. Comment se fait-il qu'il y ait autant de problèmes dans cette maison ? « Vous avez le mauvais œil ou quoi ? Je vais mettre quelques cierges à Sainte Rita, ça peut toujours servir, » dit-elle en hochant la tête. Marie est pâle, elle ne répond pas ; le Docteur Michel qui les suit depuis des années l'a appelée : « Robert ne répond pas au téléphone, amenez-le moi. L'hôpital me signale qu'il a une tension anormale. Il ne faut pas s'amuser avec ça ». Robert râle : « Tu vois bien que je ne peux pas marcher, j'irais quand ça ira mieux. » Elle part à la pharmacie chercher des béquilles et Robert va s'installer à son bureau.

Jean-Philippe entre, catastrophé.

— Mais qu'est-ce qui vous arrive en ce moment Monsieur Guyot, je ne suis pas superstitieux, mais quand-même !

— C'est rien, tu sais, je suis vieux maintenant. Je suis tombé, comme un idiot.

L'autre le regarde sans le croire. Ils font le point sur les affaires du vignoble, et le régisseur repart au travail, l'air soucieux. Robert ouvre son courrier. Une enveloppe blanche, carrée, écrite à l'ordinateur fait partie du lot. À l'intérieur : « *Guyot tu risque gros. Bientot le 3ème avertissemen* ». Il se passe la main dans les cheveux. « On ne sait même pas qui ils sont ni ce qu'ils veulent… De l'argent ? Quoi d'autre ? », et il enferme la lettre dans le tiroir de son bureau. Marie lui propose de l'emmener à la gendarmerie pour déposer plainte pour agression, mais Robert refuse : les gendarmes vont se poser des questions après ces histoires de cuves ouvertes et de chiens empoisonnés. Ils vont vouloir faire une enquête.

Il se tourne vers le fax, une pile de feuilles l'attend : comptable, factures, et une feuille à l'en-tête de la Kidlé, adressé à la Skøllson SARL. Elle contient une proposition chiffrée pour l'utilisation du brevet et des propositions de marques, indexée sur une production année zéro, et une description des conditions de mission d'approvisionnement. En prévision, Marc et lui ont déjà pris contact avec des caves d'Uruguay, du Chili, d'Argentine et du Brésil. À son habitude, Robert refaxe le document aussitôt à Marc, à Béatrice et à Paul. Le téléphone sonne dans la minute qui suit.

— Tu es bien rentré ?

— Un peu de retard, mais pas de problème, répond Robert.

— J'ai eu une lettre bizarre au courrier. Claire l'avait ouverte, elle m'a fait toute une scène, elle veut qu'on arrête tout. Je vais lui montrer ce que tu viens de me faxer. Ça va lui faire changer d'idée. S'ils proposent ça, c'est qu'ils peuvent faire mieux. Il faut se bouger pour bloquer les approvisionnements de raisin ; je prépare le voyage sur l'Amérique du Sud. Tu viendrais avec moi ?

— Ça va être difficile, en fait je me suis cassé la figure à la gare et j'ai un genou immobilisé.

— Comment tu as fait ça ?

— Je ne sais pas, dans la foule il y a eu une bousculade, et j'ai une entorse.

— Pauvre vieux, et si on doit signer le contrat ?

— D'ici là je serais peut-être un peu plus ingambe qu'aujourd'hui.

Robert se sent angoissé, pris entre plusieurs feux. Son porte-document est entre les mains de celui qui veut l'empêcher de mener à bien le projet. Il a l'habitude de tout garder en double au bureau, et n'avait heureusement emmené que des photocopies, celle du contrat d'exclusivité, le dépôt de marque et le kbis de la société, une étude chiffrée sur le premier projet, mais il y a aussi toutes les notes prises pendant la réunion, celles de la dégustation, le memorandum de Béatrice, etc. Son portable sonne à nouveau, c'est Paul.

— Alors, mon fils, tu ne bosses pas à cette heure-ci ?

— Tu sais, les profs ont des heures pour la recherche en dehors des cours, heureusement pour les étudiants ! Dis-moi papa, ce week-end la mère de Mireille vient à la maison, je vais les laisser toutes les deux, elles adorent ça, et moi je viens à Taste Vieille.

— C'est ta mère qui va être contente ! Tu arrives quand ?

— Et toi tu n'es pas content ? J'arrive vendredi soir tard, ne m'attendez pas pour dîner et laissez-moi les clefs derrière la pierre.

— Ça tombe à pic. Tu me donneras pouvoir pour la signature du contrat.

— Oui, j'ai vu ton mail, c'est incroyable… Tu peux me passer Maman une minute ?

— Elle est sortie, de toute façon tu la vois dans deux jours. À vendredi, mon petit.

Robert a honte de mentir à son fils, Marie est dans la cuisine. Elle serait bien triste si elle savait. Mais pas la peine d'inquiéter tout le monde. Il se ronge bien assez les sangs. Il n'a dit à personne qu'hier, lorsqu'il a allumé son ordinateur, un message en rouge s'est affiché :

« Trois, deux, un, BOUM », écrit comme dans les bandes dessinées, et l'ordinateur s'est éteint. Impossible de le rallumer. Il faut le porter à réparer. Aussitôt un sms : « *Ça a pété non ?* ».

Il en a assez de ces histoires, et quand il reçoit un fax de Béatrice, avec une facture de la Trudet and Partners, valant ouverture de dossier – le règlement se fera à l'issue du contrat, elle l'a obtenu de manière exceptionnelle – il le met de côté.

Paul arrive dans la nuit, gare sa voiture à côté de celles de ses parents, va chercher la clef derrière une pierre qui se descelle à l'angle du mur, et entre dans la maison sans faire de bruit. L'entrée est allumée, mais il voit de la lumière sous la porte du bureau de son père, au bout du couloir sombre. Il tape doucement à la porte. Pas de réponse. Il entre, et voit dans le cercle de lumière de la lampe la tête de son père reposant sur les papiers épars. Son cœur s'arrête. Il avance doucement, lui passe un doigt sur la joue. Robert ouvre des yeux ensommeillés.

— C'est toi ?

— Qu'est-ce que tu fais encore au bureau à cette heure, Papa ? Maman dort ?

— Elle voulait regarder une émission à la télévision, elle a dû s'endormir devant.

Paul voit alors la jambe de son père étendue sur un tabouret, et les béquilles appuyées aux étagères.

— Tu es blessé ?

— Oh rien, dit Robert en se levant avec effort, je suis tombé à la gare, il y a eu une bousculade. J'ai une entorse au genou. Allez zou, tout le monde au lit. À demain mon petit.

Le lendemain matin, ils sont tous les trois assis à la table de la cuisine autour du petit déjeuner.

— Et Marc, ça va ?

— Il fait du vélo dès qu'il le peut, c'est dangereux tout de même, répond Marie.

Elle se doute que son mari cache la vérité, alors qu'il a plutôt le défaut inverse : il est incapable de mentir très longtemps. Paul remplit son bol et y jette un sucre. Il regarde son père en remuant son café.

— Papa, ça ne va pas du tout. Tu ne vois pas que Maman se fait un sang d'encre ?

— On ne peut plus faire marche arrière. Ils sont prêts à signer le contrat, et sachez tous les deux qu'on est largement sortis d'affaire avec ça. Finis les emprunts, fini de tirer sur la ficelle pour payer les factures, les charges sociales, les…

— Robert, l'interrompt Marie. Je préfère qu'on paie toutes les factures du monde et que mon mari soit en vie. Je préfère qu'on vende, elle retient un sanglot, qu'on vende la maison de mes parents, la maison de mon enfance. Tu comprends ?

— Oui, jusqu'où ça peut aller ? reprend Paul. Robert ne répond pas, il fait des boulettes avec le pain. Paul reprend : J'ai un ami dont le père gère des brevets industriels. Il a eu le même genre de soucis et il a fait intervenir un détective. Je peux lui demander ses coordonnées.

— Qu'est-ce que tu vas chercher Paul ? On n'est pas au cinéma ! Ces détectives c'est voyou et compagnie, c'est hors de question.

— Mais enfin Papa, pense un peu à Maman… Et puis les voyous tu y as déjà affaire, sans l'avoir choisi. Si tu engages un détective, ce sera voyou contre voyou, mais on y verra clair.

— Non, Paul, non. S'il faut, j'irais voir la police.

— Tu sais bien que la police ne fera rien.

Robert baisse la tête.

— Ce qu'il y a, c'est que je n'y comprends rien. Ils ne demandent rien, ils ne signent pas, ils veulent juste qu'on arrête.

Roseline entre à ce moment. Elle enlève sa veste et l'accroche derrière la porte, puis tout en enfilant son tablier :

— Bonjour tout le monde ? Mais c'est Paul ? Comment ça va Paul ? Et les petits ? Mireille aussi ça va bien ?

— Tout le monde va bien, merci Roseline !

— Ici ça va pas trop mon pauvre petit, c'est pas Dieu possible, dit-elle en se mettant au travail.

Ils entendent une voiture rouler sur le gravier. Paul sort sur le perron, Jean-Philippe gare sa voiture.

— Ah Paul, tu es là. Ça tombe bien. Il y a encore un problème ; je suis vraiment inquiet avec toutes ces histoires. Je viens de trouver une rège[4] de vieilles vignes coupées à ras sur Galoupe.

— On ne dit rien à mon père. Attends-moi là.

Il retourne dans la cuisine :

— Je vais faire le tour de vignes avec Jean-Philippe, à tout à l'heure.

— Jean-Philippe ! appelle Robert.

4- Rège : rang de vignes.

— Oui, Monsieur Guyot, bonjour Madame Guyot, répond celui-ci en encadrant sa silhouette maigre dans l'ouverture de la porte.

— N'oubliez pas d'aller voir comment se débrouille le petit Marcelou, il doit finir de tailler sur Pitotte. Et aussi, il faut que Duport regarde le tracteur, le vieux, on en a besoin pour les sarments.

— D'accord, pas de problème. Allez, bonne journée Madame Guyot.

— Vous ne voulez pas un café, Jean-Philippe ?

— Merci Madame Guyot, ça sera pour une autre fois.

Assis dans la camionnette blanche qui cahote dans les allées de terre défoncées par les roues des tracteurs, Paul prend sur lui d'appeler Marc. Quand celui-ci apprend la succession d'accidents arrivés à Robert, il se sent un peu coupable d'être si tranquille.

— Marc, il faudrait convaincre Papa de se faire aider par un mec sérieux. Ça devient trop chaud cette affaire. Viens ici, trouve une voiture que personne ne connaît et prend une autre route.

Marc promet de venir dans l'après-midi.

La camionnette se gare au bout d'une parcelle. Ils voient la rangée de cadavres bruns et tordus alignés sur le sol comme des fusillés.

— Ah les salauds, c'est à pleurer. Heureusement que Papa n'est pas là. Vacherie !

— C'est la première parcelle qu'a planté ton père, celle-là, dit Jean-Philippe. Il se penche et ramasse un cep.

— Je veux pas être curieux, mais c'est pas normal tout ça. Qu'est-ce qui se passe ? Ton père dit qu'il est vieux, mais c'est pas ça.

— Ne t'inquiète pas, Je vais m'en occuper. Compte sur moi.

16

Roseline a fait un beau pot-au-feu, comme l'aime Paul, avec bœuf et veau, l'os à moëlle, la moutarde à l'ancienne, les cornichons, le beurre salé. Elle le pose sur la table et s'apprête à rentrer chez elle. Paul se lève et l'embrasse, « Tu es un ange, ma petite Roseline ». Puis ils s'assoient tous les trois. Robert n'est guère disert, alors Paul parle de ses étudiants, de la préparation des examens, des sujets de thèse. On parle politique aussi, ils ne sont pas d'accord, ils n'ont pas voté pareil. Robert dit que la politique n'est pas un métier de femme, et que d'ailleurs, pour le prouver, il n'y a jamais eu de reine, ni de présidente de la république en France.

Alors qu'ils se lèvent de table, Robert sent son téléphone vibrer dans sa poche. Une série de sms. Il ne veut pas les lire, mais ne peut pas s'en empêcher : *« Robert, tu es un vrai Muslim on dirais ! T'aime pas les femme, Hah ! Hah ! »* suit un montage, une photo de lui avec un turban et une barbe. Puis un troisième *« Tu sais ce qu'on fais au musulmans qui deale et qui boit ? On les punis tres tres fort. Attention à toi et au tien… »* Robert se rassoit, pâle, le front couvert de sueur. Marie se précipite : « Robert, tu ne vas pas ? Tu n'as pas voulu voir le Dr Michel, aussi ! Paul ! Paul, appelle le docteur tout de suite, ton père se sent mal ! »

Marie accompagne son mari dans sa chambre et l'oblige à s'allonger malgré ses protestations. « Maintenant ça suffit, tu es pire qu'un enfant ! Tu crois que ça m'amuse ? Tu vas te laisser examiner et faire ce qu'on te dit. » Le médecin toque doucement à la porte et passe la tête :

— Je peux entrer ?

— Bien sûr Docteur. Voilà ce qui arrive quand on fait n'importe quoi. Il n'a pas voulu…

— Marie, cesse, tu veux bien ? Laisse-nous.

Pendant que le médecin ausculte le malade, Paul et Marie voient passer une camionnette bleue rouillée et cabossée qui se gare derrière le chai. Son occupant fait discrètement le tour de la maison, essaie d'ouvrir la porte de la cuisine, puis passe par le jardin.

— Qu'est-ce qu'il fait dans le jardin celui-là ? s'exclame Paul.

— Mais c'est Marc ! s'étonne Marie,

— Je vais le chercher.

Marc entre, embrasse Marie, puis demande des nouvelles de Robert.

— Il ne va pas bien, il a fait un malaise et le médecin est là.

— Mais c'est pas vrai ! Cette histoire va le tuer, je suis très inquiet.

Ils entendent le médecin marcher dans le hall et Marie se précipite.

— Robert a une tension très haute, comme je le savais déjà, et il est très fatigué. Il faut qu'il dorme. Il a des soucis ?

— Pour ne rien vous cacher, oui, c'est le cas.

— Bon, qu'il prenne ce que j'ai ordonné, veillez-y. Je repasse la semaine prochaine.

Robert entre dans le salon, et aussitôt Marc, sans le saluer, le sermonne :

— Ce n'est plus drôle du tout, Robert. Paul m'a raconté tout ce qui était arrivé, ton agression à la gare, jusqu'à ce matin…

— Quoi ce matin ? dit Robert.

— Eh bien, Papa, je ne te l'ai pas dit tout de suite, mais il y a un rang entier qui a été coupé à ras sur Galoupe.

— Mon Dieu ! s'exclame Marie en mettant sa main sur sa bouche.

— Pourquoi tu ne me l'as pas dit, bon sang ! crie Robert, écarlate, en tapant du poing sur le bras de son fauteuil.

— Robert, dit Marc, tu ne crois pas que la coupe est pleine, et qu'il faut arrêter cette machine infernale ? Paul te propose de l'aide et tu refuses. Tu attends quoi, qu'ils s'attaquent à ta femme, qu'ils brûlent ta maison ? Tu t'es bien gardé de me dire que tu avais été agressé à la gare. Tu vas gagner avec Kidlé et perdre tout le reste. Ça rime à quoi ?

— Marc à raison, Robert, dit Marie.

Robert les regarde d'un œil mauvais, puis soudain violemment, s'adressant à Paul « Eh bien, appelle le ton voyou ».

Paul se lève lentement et sort.

Marc reprend :

— Si tu avais affaire à quelqu'un, à qui tu pouvais répondre, mais là ce n'est pas le cas ; tu as en face de toi un fumier qui n'a pas le courage de ses actes, et qui ne te demande rien de précis.

— Je suis un vieux con, dit Robert, je me suis mis, et je vous ai tous mis dans une vraie merde pour essayer de sauver l'appellation, ce qui ne sera même pas fait. On est pris entre deux feux, trois avec ce fou qui vient s'en mêler.

— Justement, quand il y a le feu tu appelles les pompiers.

Paul revient, et compose un numéro sur son portable. « Allô, bonjour, je suis bien avec Dominique Renard ? Je vous téléphone de la part de Monsieur Schozzi. Pourriez-vous venir à Bordeaux rapidement ? Demain matin ? Il regarde son père qui fait un signe d'impuissance. Bien, je vous laisse mon numéro de portable. Je vous attends devant l'église de Saint-Laurent à dix heures et demie.

17

Le lendemain à onze heures moins dix, la voiture de Paul passe le portail, un passager à son bord. Robert, qui a compris que le problème venait de son portable, essaie de le garder éteint autant que possible. Il a fini par l'enfermer dans un tiroir de son bureau. Une femme descend de la voiture, d'une minceur sportive, cheveux châtains courts, qui paraît la quarantaine, en veste de velours, chemise blanche et jean. Regard direct, vert transparent, elle serre la main à Marie qui lui sourit, et incline la tête devant Robert, les mains occupées par ses béquilles. Celui-ci a une minute de doute. « Ça doit être l'assistante du détective, certainement… »

Ils s'installent au bureau, il n'y a pas assez de chaises, et Paul va en chercher. La vieille guimbarde bleue arrive à ce moment-là ; Claire est venue aussi, elle veut savoir dans quoi s'est embarqué son mari. Une fois tout le monde assis, la visiteuse prend la parole.

— Avant tout, je vous dis comment je travaille. Si ça ne vous convient pas, je rentre sur Nice et vous en êtes pour les frais de déplacement. Sinon, je vous écoute ». Tous hochent la tête sauf Robert, qui regarde par terre. « Je travaille seule. J'essaie en premier de régler les problèmes à l'amiable. Si possible. La police ne prend le relais que si nécessaire. Pas de règlement de comptes. On va d'abord définir vos besoins. Vous me verrez très peu, pour me contacter il vous faut un téléphone portable à cartes, et moi je vous appellerais régulièrement. Rien d'écrit. Je demande 2.000 € au départ des opérations, et 4.000 au début de chaque mois, en espèces, plus les frais.

Robert regarde son fils.

— Paul, je voudrais te parler, d'abord, dit Robert.

Le fils se lève, un peu gêné, et suit son père dehors.

— Tu es fou ou quoi ? C'est une femme, on va pas confier une enquête à une femme !

— Papa, Schozzi, ce n'est pas n'importe qui, il brasse de très très grosses affaires. Alors je peux te dire que s'il nous la conseille, on peut y aller les yeux fermés. Son père se tait, la bouche à l'envers.

— Tu es emmerdant, on est plus au 19e siècle, tu sais qu'il y a plein de nanas brillantes. Regarde Béatrice.

Robert, le visage fermé entre dans la maison. Quand le père et le fils ouvrent la porte du salon, Dominique Renard les regarde d'un œil perçant. Elle a l'habitude de cette réaction de la part des plus de quarante ans.

— Je paierais la moitié dit Marc,

— Non, un tiers chacun, je participe, reprend Paul. Les frais, en moyenne, c'est combien ?

— Variable, environ 1.500 si je ne pars pas à l'étranger.

— Bon. Et ben on y va.

— Parfait, je vous écoute à présent.

— Je dois préparer le déjeuner, dit Marie en se levant.

— Repli en cuisine ! ajoute Claire d'une voix sonore en se levant et en tapant dans ses mains.

Marie profite du mouvement pour glisser une enveloppe à la détective. « Madame Renard, si vous pouvez retrouver à tout hasard la trace de mon fils Rafaël, tout ce que j'ai est là. » Elle se tait, les hommes arrivent. Ils s'installent à la table de la cuisine, Paul va chercher des verres et ouvre une bouteille de Roudié blanc. Robert, de mauvaise grâce, explique son idée de sortir le vignoble du marasme et comment il a mis Marc dans le bain ; puis les refus qu'ils ont essuyé de la part des viticulteurs, des négociants. Comme ce Boutière, alors même qu'il est en colère contre le système, souligne Robert. Et de la coopérative ajoute Marc. Non seulement des refus, mais du rejet, de l'agressivité même. Paul ajoute que c'est lui qui a pensé proposer le projet à un groupe international et les a mis en contact avec sa belle-sœur, avocate spécialisée basée à Londres. Robert se souvient soudain qu'il ne lui a pas renvoyé la facture signée.

Dominique Renard ne boit pas une goutte de vin, mange peu. Elle interroge Marie, lui demande son avis, celle-ci se souvient que Robert a eu un accrochage un mois environ avant que tout ça commence, qu'il s'était copieusement engueulé avec la femme qui conduisait, et que le mari avait téléphoné plus tard, à la limite de l'insultant. A priori, tout ça était du passé.

Après un silence, Dominique Renard se renseigne sur les familles de chacun, quels sont les héritiers respectifs ; elle apprend que Taste Vieille appartenait à la famille de Marie, et que Robert avait été recruté comme régisseur. Paul parle de son frère, parti sans crier gare, et dont on n'a plus de nouvelles. Robert est furieux. « Ça, tu aurais pu le garder pour toi ! » grommelle-t-il. « Au contraire, monsieur Guyot, soit vous jouez le jeu, soit vous ne le jouez pas. Reprenons ».

La détective pose des questions sur l'entourage, les voisins, les employés présents et passés. Les combats politiques de Robert, les voyages à l'étranger de Marc. Elle dit ne pas écarter la piste sentimentale ou sexuelle, la jalousie, ce qui fait rire tout le monde. « N'évitons aucune voie, » reprend-elle.

Elle écoute avec une grande attention, ne prend aucune note, mais à ses questions précises tous comprennent qu'elle enregistre au fur et à mesure, et a déjà quelques pistes en tête. Elle veut interroger Jean-Philippe mais Robert est réticent, il ne lui a jamais rien dit du projet. « Eh bien profitez que je fasse le tour avec votre fils pour lui parler. » Robert déteste ce ton, il fusille la détective du regard, elle a déjà le dos tourné. Il téléphone à Jean-Philippe. Ce dernier décroche aussitôt, inquiet d'être dérangé le week-end, et qu'une nouvelle catastrophe soit arrivée. Robert le tranquillise, et lui demande de passer au bureau. À peine le régisseur arrivé, il lui raconte que Marc et lui vont signer un contrat avec la Kidlé. Jean-Philippe s'étonne que son patron le fasse venir en urgence pour lui dire ça. Il fronce les sourcils.

— Kidlé ? Ceux qui font les laitages, les gâteaux ?

— Et beaucoup d'autres choses. Marc Reynaud et moi avons déposé un brevet pour une boisson gazeuse, qui sera fabriquée d'ici quelques mois.

— C'est bien, et… ça vous apporte quoi ?

— Ça s'appelle diversifier, Jean-Philippe. Vous voyez bien que la propriété marche moins bien qu'avant, alors il faut gagner de l'argent d'une autre manière.

— Vous n'êtes pas en faillite tout de même, Monsieur Guyot ?

— Rassurez-vous, loin de là, et je vous préviendrais le premier si c'était le cas. Mais, voilà, dit-il d'un ton embarrassé, après tout ce qui est arrivé, Paul a insisté, nous avons demandé l'aide d'une détective, oui, une femme, à cause de toutes ces histoires. Elle est par là, et elle veut vous poser quelques questions.

— Mais je ne sais rien moi, et je n'ai rien à voir avec…

Robert lui tapote l'épaule.

— Elle interroge tout le monde, et vous au même titre. Savoir si vous avez vu quelque chose de spécial. C'est tout.

Pendant ce temps, Paul emmène Renard faire le tour des lieux, en compagnie de Marc.

La détective se situe géographiquement, par rapport aux villes, à la mer, pose des questions sur le vignoble, examine la porte du chai, et ils finissent par la parcelle endommagée.

Marc est scandalisé.

— Un viticulteur n'aurait jamais fait ça…

— C'est de la tronçonneuse, c'est bruyant, mais qui voulez-vous qui entende quoique ce soit par ici. Et c'est plus rapide. Voilà les traces du véhicule, une voiture de tourisme, qui a fait demi-tour ici. » Elle suit le dessin des roues visibles dans la terre brune mélangées à d'autres traces, déjà un peu effacées par la courte pluie du matin, jusqu'à la route. « Ils ont tourné à droite. On va où par-là ?

— Un peu plus loin il y a le croisement de Pauillac.

— Parfait, retournons faire le point avec vos parents. Je veux voir le chef de culture aussi.

Jean-Philippe est assis sur les marches du chai, l'air morose. Cab, la tête posée sur son genou, ne manifeste, contrairement à son habitude, aucune amitié à la femme qui s'approche.

— Bonjour, je suis Dominique Renard, détective. J'ai juste deux ou trois questions à vous poser. Il faut que vous me disiez tout ce que vous avez remarqué de bizarre ces derniers temps, et que vous me teniez au courant si par cas ça arrive. Je suis là pour protéger vos patrons, pas pour vous accuser de quoi que ce soit.

— Qu'est-ce que vous voulez que je vous dise ? Le patron, il fait des mystères, alors. Sinon, moi, je fais mon boulot, du mieux possible. Je vois pas ce qu'on pourrait me reprocher.

— On ne vous reproche rien, je voulais juste que nous fassions connaissance, parce que vous risquez de me revoir souvent par ici. Allez, bon dimanche, vous pouvez rentrer chez vous.

Elle remonte quatre à quatre les marches du perron et rejoint le petit groupe au salon. À peine posée dans un fauteuil, elle résume ce qu'elle déduit de sa visite.

— Je pense que celui qui a pénétré dans le chai, empoisonné les chiens, et coupé les pieds de vigne est la même personne et habite pas loin. Ce n'est pas le même que celui de la gare. Nous avons affaire à des petits bras qui travaillent pour un gros. Il faut que je remonte cette piste. Pour l'instant, les éléments sont très faibles. Sans doute quelqu'un est-il au courant de vos faits et gestes et de vos déplacements… Si une nouvelle alerte survient, collectez tous les indices, même ceux qui vous semblent les plus insignifiants, et téléphonez-moi dans la minute, n'oubliez pas de vous procurer un téléphone à carte.

— J'ai gardé la dernière lettre que j'ai reçue, dit Robert. Va la chercher Paul, elle est dans le tiroir de mon bureau.

— Qu'est-ce que c'est cette lettre ? intervient Marie. Tu ne m'en as rien dit !

— Pourquoi est-ce que je t'en aurais parlé ? Elle ne contient rien de nouveau, et puis elle m'était adressée.

Tout le monde se tait, gêné du ton employé par Robert à l'adresse de sa femme. Elle rougit et se rencogne dans son fauteuil. Dominique Renard reprend.

— Dorénavant, ne jetez plus à la poubelle ou n'effacez plus les messages, les mails, les textos ou les lettres d'avertissement qui peuvent être bourrés de renseignement, adresse mail, cachet de la poste, type de papier, etc, etc… Paul revient, tend l'enveloppe au détective et son téléphone à son père : « Tu l'avais oublié dans le tiroir du bureau. » Robert pique un fard, se lève et va remettre le téléphone dans le tiroir. Tout le monde le regarde d'un air surpris. Dominique Renard regarde l'enveloppe que lui tend Paul. Pas de timbre, pas de cachet, elle a été mise dans la boîte aux lettres.

— C'est bien ce que je disais, il y a quelqu'un dans le coin. Faites profil bas, et prenez ça au sérieux. Vous avez affaire à des gens qui veulent vous impressionner et qui ne changeront pas d'avis.

— J'en ai reçu une par la Poste, tout à fait au début intervient Marc. Je l'ai jetée à la poubelle, c'est idiot…

— J'ai regardé le timbre, ça venait de la région parisienne, intervient Claire.

— Et je suppose que c'est juste après l'enregistrement de la société, l'agresseur a fait le lien entre vous deux à ce moment-là. Autrement dit, Monsieur et Madame Reynaud vous êtes vous aussi dans le viseur. Désolée.

— Bon, c'est génial ! s'exclame Claire, il faut que je dise aussi, et j'aurais dû t'en parler avant, Robert, que j'ai dû fermer la page Facebook de Taste Vieille. Elle a été piratée, il y avait des insultes, des photos plus que limites, enfin que des trucs, disons… Elle secoue la main vigoureusement.

Il se tape sur les cuisses et soupire profondément.

— Tant pis, qu'est-ce que tu veux, laisse tomber.

Dominique Renard se lève, leur tend à chacun un contrat qu'elle leur demande de compléter et de photocopier ; puis elle en range un exemplaire dans sa sacoche. Elle leur serre rapidement la main, et Paul la ramène à sa voiture.

— Tu vois dit Marc, je crois que ton fils a eu une bonne idée.

— Je me sens rassurée dit Marie, elle a l'air intelligent cette femme.

— On verra à l'usage, se contente de répondre Robert en haussant les épaules.

Dans la vieille camionnette bleue, Claire éteint la radio. Elle n'a rien dit depuis le matin, se contentant d'observer et d'écouter. Là, elle explose.

— J'aime beaucoup Robert, mais tu avoueras qu'il a fait n'importe quoi. C'est cette génération d'hommes pour qui sa femme et son régisseur n'existent pas. Ils font partie du décor. Il a distillé des informations à Marie, mais est-ce qu'il lui a demandé son avis ? Quant à ce pauvre Jean-Philippe, l'homme de confiance par excellence, qui n'a pas manqué une journée depuis des années, j'en mettrais ma main au feu, il ne savait rien. Il apprend cette histoire parce que la détective doit lui poser des questions. Non, mais, on rêve ! Sans compter sa réaction quand il a vu que c'était une femme…

— Robert est un homme à l'ancienne, macho, oui, et aussi un homme du secret. Il ne dit rien à personne, et ne demande rien non plus. Si tu savais le mal qu'il a eu à aller parler de son projet aux uns et aux autres. C'est sûr, il a dû le présenter de la plus mauvaise façon possible. Ils se taisent un instant. Mais tu vois, je suis sûr que cette histoire va l'obliger à changer radicalement.

— Tu savais pour ce fils qui est parti ? Tu crois que ça pourrait être lui ?

— J'en avais entendu parler. Mais non, ça n'a rien à voir, les emmerdes ont commencé avec le projet. Il se tape le front. Mais oui, je me souviens, l'encart dans le journal, quand on est partis pour Genève, ça doit être ça qui a déclenché tout ce bordel… Il faut que je retrouve ce journal, il doit être sous le siège du 4x4.

18

Paul rentre sur Toulouse rassuré que ses parents soient protégés, mais l'idée qu'ils sont espionnés le taraude. Il espère que leur santé ne va pas pâtir de l'inquiétude, de la peur même, qui a fini par s'installer dans leur vie tranquille. Il se repasse les évènements de l'après-midi, et en conclut que son père a un comportement inhabituel. Il est renfermé, irascible, il a une façon de parler et d'agir parfois à la limite de la grossièreté, comme s'il allait exploser en vol. Les trois associés ont demandé à Dominique Renard de ne pas contacter leur avocate anglaise, ils ne souhaitent pas qu'elle soit au courant avant la signature du contrat.

Dominique – enfin, Valérie, elle a changé de prénom car dans son métier un masculin passe mieux – Renard porte bien son nom, comme un couvreur qui s'appelle Latuile ou un menuisier Dubois. Contrairement à son père qui était clerc de notaire, c'est certainement son nom qui l'a poussée à faire carrière d'enquêteur, à force de se faire dire dans la cour de récréation qu'elle était rusée, et des choses souvent moins aimables. C'est une femme qui fait les choses à fond, et n'a guère de marottes. La course à pied, c'est pour s'entretenir, mais elle se fiche des records, et les marathons ne l'intéressent pas. Elle tient à être efficace avant tout. Si elle suit un régime et ne boit pas d'alcool, c'est plus pour se maintenir éveillée et à l'affût que par dégoût ou par soin de sa ligne ; elle aime les très bons vins, et quand elle est hors enquête n'hésite pas à déboucher un beau flacon. Elle a peu d'amis, car elle est obligée au secret le plus strict et le meilleur moyen de le garder est de ne pas parler. Son seul péché mignon, c'est le cinéma, et surtout les comédies. Elle transporte toujours une petite mallette de DVD. Ça lui permet de débrancher quand son cerveau tourne en rond et ne trouve pas d'issue. Une petite séance, et hop, bien souvent, une solution se présente.

La détective s'installe dans un petit hôtel à Blanquefort. Elle les choisit soigneusement : des établissements simples, proches des voies d'accès, avec des chambres suffisamment grandes et confortables pour y passer du temps, et une très bonne connexion internet. Car la réflexion et les recherches sur internet sont à la base de son travail, elle ne passe à l'action que quand tout est cadré. Comme chaque fois qu'elle démarre une enquête, elle ouvre un cahier d'écolier, un de ces cahiers dit de brouillon, et de son écriture en pattes de mouche, elle pose toutes les données emmagasinées, trace le portrait de ses clients et de leur entourage, quitte à faire des sortes de croquis pour se rappeler mieux, puis fait des recherches sur l'économie de la région, le village, la propriété. Et sur Rafaël Guyot. Il y a peut-être à glaner par l'intermédiaire de ce fils fantôme. Une histoire, voire un secret de famille ? D'argent ? L'enveloppe que lui a glissée Marie contient une carte d'identité en carton beige, avec la photo d'un adolescent châtain clair, piqueté de boutons, au nez volumineux, et quelques autres images où il apparaît, juché sur des jambes maigres en tenue de foot au milieu d'un groupe, en costume trop grand lors de ce qui semble une réunion de famille. Il y a aussi 500 €. Le père doit être tenu à l'écart, ça, c'est une chose certaine.

Elle juge Robert Guyot un peu bourrin, manquant de finesse psychologique, un tantinet bulldozer, macho. Il y a des choses qu'il n'a pas voulu dire. Chaque fois qu'on évoquait la famille de chacun, il se renfonçait dans son fauteuil. Il doit bien avoir des frères et sœurs, ou des cousins quelque part. Sa femme est l'épouse à l'ancienne, dévouée, active, un peu naïve peut-être. Obligée au secret. L'associé, l'œnologue, intelligent, il a voyagé ; et sa femme, elle est bien, sa femme, elle ne doit pas garder les choses pour elle, et savoir se débrouiller sans attendre son mari. Si elle a bien compris, elle dirige l'entreprise autant que lui. Paul, le fils, il aime ses parents, c'est le fils unique par excellence, un brin satisfait de soi-même, mais rien de dramatique. Il ne parle pas beaucoup de sa femme, dominateur comme son père sans doute. L'héritier. Sauf qu'il n'est pas fils unique.

Dominique Renard commence les recherches. Elle tape Taste Vieille sur le moteur de recherche. Tiens, tiens, la propriété appartenait à la famille de Messages avant que n'apparaisse le nom de Robert Guyot. Il n'a pas racheté, il a épousé l'héritière, Marie de Messages, et c'est curieux que le nom de cette dernière ait été effacé sur les bouteilles, et aussi sur le site internet. Robert Guyot apparaît dans pas mal de luttes, des histoires de législation, d'appellation, etc… Il aime bien la bagarre ce type, on dirait. Il y a un passage au tribunal contre un négociant. La détective note tous les noms et les qualités des gens avec qui le viticulteur a eu des démêlés, il y en a pas mal. Et puis il y a eu les élections municipales, il a raté le poste de très peu. Est-ce que l'édile en voudrait à Guyot pour les positions qu'il a prises ? Il faut commencer par chercher dans le secteur.

Robert, quant à lui, reprend le travail. Cette entrevue avec la détective l'a déstabilisé, il est inquiet de confier cette tâche à une femme, jeune qui plus est, et puis cette sensation de mise à nu, ce rappel qu'il n'est en fait que le régisseur, le mari de l'héritière… Il parle peu, ne rit pas, évite les visiteurs. La première chose qu'il fait est de renvoyer la facture de la Trudet & Partners signée, et deux jours après, il reçoit un fax de la Kidlé pour un rendez-vous le vendredi suivant. À Genève, malheureusement.

— C'est très rapide pour une boîte comme celle-là, confirme Béatrice. En temps normal, ça aurait pris plusieurs mois. J'y serais, bien entendu.

— Ils sont tenus par les approvisionnements, le risque étant de perdre un an, répond Robert.

Dès que son père l'a informé de ce nouveau voyage, Paul appelle Dominique Renard. La détective suivra les intéressés sans qu'ils s'en doutent ; le savoir les déstabiliserait. Il propose aussi à son père de venir à la propriété pour deux jours. Pour la première fois de sa carrière il se mettra en congé maladie. Comment faire autrement ? Il n'a rien dit à Mireille jusqu'alors, éludant ses questions. Il se demande s'il devrait inventer un séminaire, ou dire que sa mère est malade. Il raconte à sa femme que l'affaire a pris tournure, grâce à Béatrice notamment, et que son père doit aller signer un contrat à Genève. Comme Jean-Philippe s'est fait une entorse, il faut qu'il aille à Taste Vieille. Enfin, il fait une sorte de tambouille qui tient debout. Elle est un peu vexée d'avoir été tenue à l'écart et de ne pas venir avec lui, et il part, mal à l'aise comme s'il l'avait trompée.

Il arrive à Taste Vieille dans la nuit, à son habitude. Après un sommeil haché, à six heures du matin, il ouvre le portail au taxi qui vient chercher son père. Il embrasse Robert, voûté, fatigué, et ferme sur lui la portière de la voiture. Le cœur serré, il regarde les feux arrière qui s'éloignent.

Sa mère ne sort de sa chambre qu'après l'embauche. Il tente de la distraire, mais son inquiétude ne cède devant aucune anecdote, devant aucune histoire amusante, elle n'a même pas goût à parler cuisine. Roseline sent bien que quelque chose ne tourne pas rond.

— Marie ne parle plus, et Robert fait la gueule. C'est plus comme avant dans cette maison. Depuis le temps que je travaille ici, je les reconnais plus tes parents.

— C'est passager. Ils ont un petit souci, mais ça va être vite réglé, c'est rien de grave.

— Tu vois, ta mère, depuis quelque temps, elle ne va plus à son club de lecture, et même elle refuse les invitations de ses amies. Des fois, elle répond même pas au téléphone.

Marie n'a même pas envie qu'ils se fassent un petit restaurant tous les deux. Paul passe une partie de la matinée avec Jean-Philippe, puis accompagne sa mère faire des courses. Après le déjeuner, il travaille sur son ordinateur pendant qu'elle tape des factures, met en ordre quelques dossiers, expédie du courrier. Il voit qu'elle s'arrête souvent, regarde dehors, sort son téléphone de sa poche, soupire. Lui non plus n'a pas quitté son portable, guettant un appel de son père, mais la journée se passe, lisse. Vers cinq heures, l'appareil de Paul sonne enfin.

— Ça y est, on a embarqué. J'ai cru apercevoir ta bonne femme, là, je me trompe ou pas ? Bon, à moins que l'avion se plante, je suis là dans deux heures.

— Mais vous avez signé ou pas ?

— Oui, c'est fait, tout s'est bien passé. Béatrice a été formidable, elle n'a pas lâché sur un seul point. Si la Kidlé a une once de respect pour nous, c'est parce que nous avons une avocate de grande qualité. Tu restes là ce soir ?

— Mais bien sûr Papa, champagne au frais !

— Passe-moi ta mère je te prie. Je t'embrasse, cher associé.

Quand elle a raccroché, Paul serre sa mère dans ses bras. « Maman… Papa a fait quelque chose d'extraordinaire, je suis très très fier. »

Il va dans la cuisine. « Allez hop, Roseline, ce soir on fait un bon dîner. Les problèmes sont finis ». Elle tape dans ses mains. « Oh, que je suis contente, tu peux pas savoir. J'aurais pas mon vieux à la maison, j'aurais trinqué avec vous ! »

Enfin les phares du taxi balaient la cour. Robert est fatigué mais heureux. Une belle table l'attend, et ils trinquent à Bordo-Cola.

— Maintenant l'adversaire ne peut plus rien contre nous, la machine est en marche.

— Le Ciel t'entende ! murmure Marie.

19

Dominique Renard a très vite retrouvé Rafaël Guyot qui vit à Cologne et travaille dans un grand hôtel. La détective lui dit que ses parents ont des ennuis, mais ça n'a pas l'air de le toucher. « J'ai ma vie, et eux la leur » assène-t-il. Il répond très sèchement à la demande de rendez-vous par internet, et cède de mauvaise grâce quand il a compris qu'une enquête criminelle est en cours. En attendant l'heure fixée, la détective chausse ses baskets, et va courir malgré le temps maussade. Elle trouve un parc dont elle fait plusieurs fois le tour.

Enfin assise devant son ordinateur, Dominique Renard voit s'afficher un visage qui ne rappelle que vaguement celui de l'adolescent sur la photo que Marie a glissé dans l'enveloppe. L'homme ne réagit pas aux problèmes de son père, il semble même hausser les épaules. On entend crier à l'arrière-plan, un enfant apparaît dans un angle de l'écran, et il lui parle en Allemand ; la détective comprend qu'il envoie l'enfant retrouver sa mère.

L'homme lui fait comprendre qu'à 15 ans, il a appris un secret qui l'a déstabilisé, et qu'il est parti pendant la nuit. Il a marché, fait du stop, et pris le premier train qui passait. À l'époque, les recherches n'étaient pas aussi efficaces que maintenant. Il sait que sa mère pense à lui, il en est vraiment désolé, mais, dit-il, ils s'en foutent bien de moi. Il ne veut pas en dire plus, ça n'a rien à voir avec ce qui arrive. Dominique Renard demande si elle peut rester en contact avec lui, pour au moins l'informer, ou si elle peut donner son numéro de téléphone à sa mère. Sur ce point, le non est catégorique. Il y a des histoires et des secrets dans toutes les familles se dit Renard, mais ce type n'a pas l'air de l'avoir digéré vingt ans après, ça fait long.

Le lendemain matin, il pleut des cordes, le vent froid agite les branches nues des arbres et fait onduler les rideaux de pluie qui martèlent les tuiles et les graviers luisants. Une fois l'embauche faite et le personnel au travail, Robert appelle Marie pour qu'elle l'accompagne à la banque, puisqu'il ne peut toujours pas conduire.

Le kiné vient une fois par semaine, c'est bien suffisant, ce type lui casse les pieds, c'est le cas de le dire. Il maudit le type qui l'a flanqué par terre, quelques années avant, il lui aurait foutu son poing dans la gueule, peut-être qu'il vieillit lui aussi.

Marie conduit prudemment, la route est abîmée par le passage des tracteurs, et les nids-de-poule pleins d'eau. La 205 vient de passer la voie de chemin de fer qui délimite le village, et une voiture débouchant d'une petite route à droite percute la voiture à l'avant et la projette au milieu de la route alors qu'un camion arrive en face. Robert tire brusquement le volant vers lui, et le camion ne fait qu'arracher une partie du pare-choc arrière. La 205 s'immobilise brutalement contre un poteau en ciment. Ils ne bougent pas, blêmes et figés sous le choc. La voiture a disparu, et le camion s'éloigne comme si de rien n'était. Un motocycliste qui passait s'arrête et se penche à la portière :

— C'est incroyable, ils sont tous partis ! Vous êtes pas blessés au moins ?

— Ça va, enfin je crois, répond Robert d'une voix blanche. Marie, tu n'as rien ?

Elle ouvre les yeux. Non, non, j'ai eu seulement très peur, dit-elle faiblement.

— J'ai relevé le numéro du camion, dit le type. J'appelle les flics,

Une dame rouge et essoufflée se penche à l'autre vitre et toque dessus. Robert descend la glace.

— Mon Dieu, Mon Dieu, dit-elle en soufflant comme une forge, une main compressant sa forte poitrine, Robert, Marie, vous n'avez rien ?

— Ça va, Simone, répond Marie.

— Tu as vu quelque chose demande Robert ?

— Ces touristes, ils se croient tout permis, répond-elle en se tapant le front du plat de la main.

— Pourquoi des touristes ?

— Immatriculé 60, c'est bien une voiture de location, non ?

— Tu as vu ce que c'est comme voiture ? reprend Robert.

— Fouh, moi tu sais, les voitures, j'y connais rien. C'était une voiture blanche, un peu grande, tu vois ?

— Une BMW série 5 intervient un type qui arrive en courant. Je l'ai vu tourner dans ma rue, comme un barje ! Ah, voilà les gendarmes.

Maintenant c'est la tête d'un gendarme qui s'encadre par la fenêtre.

— Vous êtes blessés ?

— Apparemment pas, répond Robert. Marie, tu n'as rien n'est-ce pas ? demande à nouveau Robert.

Marie éclate en sanglots. « Non, non, je suis désolée, c'est nerveux. J'ai eu si peur. On aurait pu mourir tout de même ». Les gendarmes prennent les identités. Le deuxième dit à Robert : « Monsieur Guyot, j'étais chez vous un mois quand vous avez eu un problème dans votre chai. Pas de chance en ce moment. Abstenez-vous de jouer au loto ! »

— La chance finira bien par tourner, dit Robert.

Pendant que les hommes en bleu prennent les relevés et font un constat, le type en vélomoteur leur explique avec forces gestes ce qu'il a vu, que c'est incroyable, qu'on demande une interdiction aux camions de passer par là depuis des années mais que personne n'écoute, et qu'il faudra faire une pétition, etc etc… Les pompiers arrivés sur les lieux établissent que les blessés sont juste choqués, mais n'ont rien, et les ramènent à Taste Vieille. Roseline leur ouvre, catastrophée.

— Eh ben, pour la fin des problèmes c'est un peu raté on dirait. Le mauvais œil ça c'est sûr, grommelle-t-elle.

Robert appelle illico Renard.

— À la minute qu'il est, on devrait être à la morgue, dit-il en préambule.

— Racontez.

Robert tâche de n'oublier aucun détail, regrette de n'en savoir pas plus sur la voiture, et dit qu'une fois de plus, il n'y a pas grand indice.

— Et le camion ?

— Quoi le camion ?

— Vous avez son immatriculation ?

— Le gars en mobylette l'a relevé. C'est un Renault M140 immatriculé 634 MK 24.

— Des témoins ?

— Oui, à part ce gars-là, que je ne connais pas, une amie de ma femme, Simone Barri. Et aussi un autre gars. Je crois que c'est un fils de Maurice Nagès.

— Et qu'en est-il du contrat ?

— Signé hier.

— Réaction rapide, hein ? Faites très attention, maintenant. Je fais le maximum. Si rien ne vous oblige à rester à la propriété, partez chez votre fils, ou où vous voulez quelque temps. Juste que je puisse vous contacter facilement.

Il va voir Marie, assise dans sa chambre devant un bol de thé :

— Renard pense que le camion… Dis, tu n'en parles pas, je ne veux pas que Marc le sache, il part pour l'Amérique du Sud demain.

— Mon Dieu, et Claire qui va être seule !

— Ses parents descendent s'installer à Roudié.

— Ils ne sont pas tous jeunes !

— Le même âge que nous, et son père est un sportif, il fait de la course à pied tous les jours.

— Quand même, ça finit par m'inquiéter qu'il ne soit rien arrivé chez eux. On a l'impression que ça va tomber.

— Ne parle pas de malheur. Ça suffit comme ça. Je me demande si on ne va pas devoir quitter la maison pour quelque temps.

— Comment ? Mais c'est hors de question, c'est sûr que si on abandonne la maison, ils vont… je ne sais pas moi, l'incendier peut-être. Il faut mettre une alarme, ça oui. Jean-Philippe n'est pas loin, mais il est sourd comme un pot.

— Non seulement, mais en plus il pense qu'on le croit coupable de quelque chose depuis que Renard lui a parlé, et il fait une gueule terrible.

— Il ne manquait plus que ça…

20

Dominique Renard se gare devant la mairie. Elle voit par la fenêtre la secrétaire en train de travailler. Celle-ci lève la tête quand elle entre.

— Oui ?

— Je souhaite voir Monsieur le Maire.

— C'est pour ?

— Je fais une enquête.

La femme qui a l'habitude qu'on vienne leur poser des questions pour l'assainissement ou le ramassage des ordures n'en demande pas plus. Elle va toquer à une porte marquée « Bureau de Monsieur le Maire », et fait signe à la visiteuse d'entrer. Le Maire doit honorer tous les vins d'honneur, son ventre dépasse de sa chemise et son visage orné d'une barbe soignée est vermeil. Il ne se lève pas, et indique à la jeune femme un siège en face de lui. Celle-ci lui tend une carte de visite, où n'apparaît que « Dominique Renard, détective ». Il hausse les sourcils.

— Vous êtes la secrétaire d'un détective ?

— Non, Monsieur le Maire, Dominique Renard, c'est moi. Je viens vous voir suite à l'accident de Monsieur et Madame Guyot. J'ai quelques questions à vous poser.

— Mais vous êtes de la police ?

— Pas du tout. J'ai signé un contrat avec les Guyot pour éclaircir cette affaire. Je souhaiterais que vous me parliez de Monsieur Guyot, notamment des élections où il s'est présenté, contre vous, je crois.

— Ouh, c'est pas d'hier. Que voulez-vous, il n'avait aucune chance de l'emporter, il n'est pas d'ici. Et puis c'est un râleur, il faut bien le dire. Moi j'ai rien contre lui, notez-le bien. Mais il s'engueule facilement.

— Vous dites qu'il n'est pas d'ici, mais il est marié avec Marie de Messages, c'est une vieille famille. La plus vieille du village, même, si je ne me trompe pas.

— Si elle s'était présentée, je peux vous dire qu'elle serait assise à ma place, ça c'est sûr !

— Et pourquoi dites-vous qu'il s'engueule ?

— C'est sa personnalité. Il a eu maille à partir avec l'association des chasseurs, il voulait leur interdire de chasser chez lui, et ça, je vais vous dire, pour se faire élire, c'est pas la bonne solution. Voyez, aussi il avait eu un accident avec une femme, et il avait failli se foutre sur la gueule avec le mari. Mais bon ça c'est loin, et ces gens ils ne sont même plus sur la commune. C'est un mauvais perdant, il n'est même pas venu au vin d'honneur après les élections, et pourtant, moi, je lui ai tendu la main, je l'ai invité personnellement.

— Sa femme, vous la connaissez bien ?

— Si on veut. Ma femme la connaît mieux que moi. Elle fait pas toutes ses courses au village, et puis autrefois elle était à l'école à Bordeaux, pas ici. Ses fils, eux, ils ont fait la primaire ici. Des bons petits, vraiment gentils… Il hésite. Surtout le plus jeune, Paul. L'aîné, comment déjà, Rafaël, c'est ça ? Il a fait quelques bêtises, au moment où son père était en campagne. Ça a fait mauvais effet, le petit de Taste Vieille qui est allé lancer des pierres dans la vitrine de l'épicerie.

— Vous savez pourquoi ?

— Honnêtement, je me souviens pas. Après le gosse il a disparu, on sait pas où il est. C'est bizarre quand même. Il y a des gens qui ont dit qu'il était mort.

— Pourriez-vous me dire si des gens pourraient en vouloir à Monsieur et Madame Guyot ?

— Fouh, souffle-t-il. Il y a toujours des jaloux. C'est la grosse propriété ici, ils vendent bien leur vin. Lui, il ne parle pas à grand monde. Même leur Jean-Philippe, il est pas très sociable. Pourtant c'est un gars du coin. Ça a dû lui monter à la tête de travailler au château, faut croire.

Dominique Renard se lève.

— Je vous remercie pour votre aide. Si vous pensez à autre chose, vous avez mon numéro de téléphone sur la carte, n'hésitez pas. Pouvez-vous me mettre en contact avec le président des chasseurs ? Je souhaiterais le rencontrer.

— René ? Aussitôt après le panneau de limite du village, à droite. S'il est pas à la maison, il est dans ses vignes. Maintenant on ne chasse plus que le week-end, alors…

Cette fois-ci, l'homme se lève et va lui ouvrir la porte. Il la suit des yeux jusqu'à ce qu'elle soit sortie de la mairie. La secrétaire le regarde faire et hausse les épaules.

La détective se dirige ensuite vers la sortie du village, le président de l'association des chasseurs habite une petite maison en pierre à moitié recouverte de ciment. On entend le bruit d'une radio à tue-tête à l'intérieur, et comme personne ne lui ouvre, Dominique se résout à klaxonner. Une grosse femme apparaît, rouge et essoufflée.

— C'est quoi ? Vous m'avez fait drôlement peur dites !

— Je cherche le président des chasseurs.

La femme la regarde de la tête aux pieds.

— Vous lui voulez quoi ? Vous allez pas me dire que vous voulez chasser, vous ?

— Non, effectivement, quoique je sois assez douée pour le tir. Je viens de la part de Monsieur le Maire.

— Ah oui ? Bon, vous le trouverez là-bas, dans les vignes. Il est sur le tracteur.

En effet, au bout d'un chemin défoncé, Dominique Renard voit un homme sur un tracteur bleu. Elle lui fait signe, mais il ne s'arrête pas, et continue à faire ses allers-retours, repassant régulièrement devant elle. Elle attend, appuyée à sa voiture. Vers les six heures, le type sort du rang, manœuvre et tente de passer à côté à côté d'elle, mais il lui faudrait écraser la voiture. Il se penche par la portière.

— Eh beh, vous pouvez pas vous pousser, non ?

— C'est vous que je veux voir.

Il débraie le moteur et se penche.

— C'est pas tous les jours qu'une belle femme veut me voir dites-donc.

— J'en ai pour cinq minutes. Je suis détective.

L'homme part d'un grand éclat de rire.

— Qu'est-ce que vous me chantez là ?

— Robert et Marie Guyot ont eu un accident. Il est prouvé que c'était une tentative de meurtre.

— Mais non, un type bourré qui savait pas conduire, vous croyez pas qu'il y en a tous les jours ici ? Qu'est-ce que vous allez chercher. Allez petite dame, vous êtes bien mignonne, laissez-moi passer.

— Quelles sont vos relations avec Robert Guyot ?

— Aucune, c'est un connard.

— Et pourquoi ?

— Pourquoi on peut chasser partout et pas chez eux ? Ils se prennent pour quoi ? Hein, je vous le demande ? Et je vais vous dire, je suis pas le seul à le penser. Bon maintenant, je rentre chez moi, sortez-vous du chemin.

21

Marc appelle Robert depuis l'Argentine. Il est ravi, venant de la part de la Kidlé toutes les portes s'ouvrent, et il a déjà signé un contrat d'approvisionnement. Robert ne lui dit rien de l'accident, il n'en parle pas non plus à Paul. Mais dans un village les bruits vont vite, et Jean-Philippe l'apprend. Il est encore plus déstabilisé que son patron le lui ai caché, il se sent exclu. Il se demande s'il ne va pas donner sa démission, mais où aller ? Cela fait vingt ans qu'il travaille à Taste Vieille, il a sa maison de fonction. Il n'a ni femme ni enfant, et ici c'est sa vie. Il remâche tout ce qui est arrivé, et se dit que peut-être que Monsieur Guyot trempe dans de sales affaires, comme ce qu'on voit à la télévision.

Le type qui a l'air parfait, mais qui en fait est un salaud fini. Allez savoir. Il finit par appeler Paul. Certes, Paul c'est le fils du patron, c'est un professeur, mais ils étaient copains autrefois. Il lui raconte l'accident, et que Monsieur Guyot ne le tient au courant de rien, comme s'il était un carasson, rien de plus. Non seulement il a peur maintenant, mais il se sent rejeté. Paul appelle ses parents, se fait mal recevoir par son père. Furieux, il appelle la détective. Celle-ci lui répond vertement : « Mettez vos parents à l'abri et laissez-moi travailler, ça ne se réglera pas en une heure. »

La chance la sert, car quelques jours après avoir contacté les témoins de l'accident, Simone Barri la rappelle. Son mari était au bar, et un type qui avait l'air de rien, une espèce de maigrichon qui roule en mobylette se vantait d'avoir conduit une grosse BMW. Son mari qui n'est pas un idiot, dit-elle, a demandé au patron du bar s'il savait qui était ce type. Il vient tous les jours, il y claque tout son argent. Il s'appellerait Yvon, et il habiterait un logement social à l'entrée de Pauillac. La détective se renseigne, c'est un type au chômage longue durée, pas de famille, inquiété mais jamais arrêté par la police pour des affaires sans gravité. Quant au camion, il n'y en a plus trace. Il a dû être aussitôt déplaqué. L'accident était coordonné, et si on trouve un des acteurs, on trouve l'autre, sans aucun doute.

Le lendemain, Yvon, de retour du bar, entend sonner à sa porte. Il regarde par le judas, c'est une femme, plutôt pas mal. Elle dit qu'elle vient de la part de la Mairie, pour les services sociaux. La visiteuse se trouve en face d'un type maigre, le visage couperosé, une cigarette éteinte vissée dans une bouche sans lèvres, le cheveu long et gras, qui vit dans un deux pièces pas nettoyé depuis sa construction semble-t-il. Le papier peint se décolle, les meubles en contreplaqué tiennent avec du scotch d'emballage, une odeur de crasse, d'urine et de poubelles baigne le pauvre décor.

— Monsieur Yvon ?

— Oui, c'est ça même. Vous direz à la Mairie que y a des salauds qui bousillent les boîtes aux lettres et que…

— Je crois savoir que vous faites partie de l'association des chasseurs ?

— Plus maintenant. J'ai rendu ma carte.

— Et votre fusil ?

— Quoi mon fusil ? J'en ai plus… Je je…

— Donnez-le-moi, vous n'avez pas d'autorisation de port d'armes. Vous savez ce que vous risquez ?

— Mais c'est quoi ces histoires ? De quel droit vous racontez des conneries pareilles ? J'appelle les flics moi !

— Avec plaisir, répond calmement la détective.

Yvon se précipite d'un bond dans la cuisine, arrache un tiroir qui se renverse sur ses pieds et ramasse un couteau.

— Tu vas voir sale pute fous le camp ou je te plante.

Dominique Renard allonge un coup de pied dans le poignet du type, qui recule, se prend les pieds dans les ustensiles et tombe sur le carrelage. Elle le saisit par le col, le relève et l'assoit violemment sur une chaise. L'autre halète d'un souffle rauque.

— Tu vas tout me raconter maintenant. Tu as plus à y gagner qu'à y perdre.

— J'y suis pour rien, j'les connais même pas ces Guyot…

— En tout cas tu sais leur nom. Alors, qui t'a envoyé ?

— Le régisseur, c'est le régisseur, il les déteste.

— Lequel ? il y en a deux, bluffe Dominique Renard.

— Celui qui a un chien, un sale clébard.

— C'est qui le conducteur du camion ?

— Qu'est-ce que j'en sais moi ? J'en sais rien !

— À partir de maintenant, si tu bouges une oreille, tu files en tôle.

— Non, non, pas ça. Je bouge plus, d'accord, je bouge plus.

— Parce que j'en sais suffisamment sur toi pour te poser quelques problèmes. Tu vois ce que je veux dire ? Allez, crache !

— Si je balance, il m'arrivera rien ? Vous dites pas que c'est moi ? Je fais que remplacer un mec qui pouvait pas. Un pote, il m'a demandé de le remplacer. À chaque fois, ils me donnent rendez-vous par téléphone. C'est toujours le même type, au même endroit. C'est au port, il me donne les instructions, et la moitié de l'argent, et l'autre moitié quand c'est fini.

— Et ce type ?

— Ben, j'ai jamais vu sa figure, on est dans le noir.

— Toi, tu me racontes des conneries. C'est René, le président des chasseurs qui te paie. C'est pas un martien, ou un mec de je ne sais où.

— Non, non j'vous jure !

— On va voir. Je ne te lâche pas. Et va chercher ton fusil.

Elle le suit pas à pas, et aussitôt que l'homme a récupéré une arme sous son lit, elle la lui arrache des mains. Puis elle pose un papier avec un numéro de téléphone sur la table de la cuisine et s'en va.

Yvon regarde à travers la vitre sale de la cuisine sa visiteuse sortir de l'immeuble avec le secret espoir de repérer sa voiture pour avertir son donneur d'ordres. « Salope » murmure-t-il.

Mais la silhouette mince fait le tour du bâtiment et quitte son champ de vision.

22

Dominique Renard s'arrête à Taste Vieille. Jean-Philippe est à l'atelier, en train de s'occuper du tracteur. Il jette un regard noir à la détective, qui le salue aimablement.

— Comment allez-vous ?

Aucune réponse, l'homme continue à s'activer.

— Je viens de parler avec un type, il y a de fortes chances que ce soit lui qui ait ouvert les cuves, coupé les vignes, et tout le reste. Il m'a parlé de vous.

— Quoi ?? explose l'autre.

Le chien se met à aboyer.

— Ça ne vous dit rien, un type maigre, qui circule en mobylette et va au bar du village tous les jours ?

— Qu'est-ce que vous voulez que ça me foute ? Le bar j'y vais pas. Même pas pour le foot, alors.

— Je vous repose la question, est-ce que ce type vous le connaissez ?

— Bah, y a bien un gars un peu comme ça qui circule souvent par ici, mais je lui ai jamais parlé. Il passe sur la route, là devant, je dirais tous les jours. Mon chien lui court après.

— Moi je suis là pour qu'il n'arrive plus de bricoles. Un incendie, un autre accident, ou même pire. Alors il faut que je sache tout, et vous allez m'aider, parce que vous n'êtes pas un mauvais gars, n'est-ce pas ?

Jean-Philippe continue à bricoler, le visage fermé.

— Monsieur Guyot, je le reconnais plus. Il me dit rien. Vous seriez pas venu, il m'aurait rien dit du projet. Je travaille ici depuis vingt ans tout de même. J'ai connu Paul gamin.

— Et Rafaël ?

— Ben oui, aussi.

— Vous savez pourquoi il est parti ?

— Ah ça non. J'étais tout jeune, je travaillais pas encore. Non ça, je sais rien du tout.

C'est bien malheureux, surtout pour Madame Guyot, la pauvre.

— Vous savez pourquoi Monsieur Guyot ne vous dit rien ?

— Ben, je me demande, peut-être qu'il fait des trucs pas propres. Enfin je suppose, pour qu'il se cache, et qu'il lui arrive tout ça. Comme un truc de la mafia, quoi.

— Mmh… Vous n'avez rien remarqué de louche, enfin de bizarre de votre côté ?

— Ah ben si ! Que ça, que du bizarre ! Sinon vous seriez pas là, non ?

— À part ça, au niveau de la propriété, des problèmes sur les stocks, des allées et venues ?

— Ah non, rien de spécial. Ça, c'est comme d'habitude.

— Et avec les chasseurs, ça va comment ?

— Ah ça, un ramassis de… Je vous dirais pas le mot. Je suis d'ici, mais moi je peux pas les sentir.

— Bon, je vais parler à Monsieur Guyot. De votre côté, s'il se passe des choses qui vous interpellent, voilà mon numéro de téléphone.

Puis la détective va taper à la porte de la maison. Roseline lui ouvre.

— Bonjour Madame, qui j'annonce ?

— Je suis Dominique Renard, et vous ? Elle prend un air surpris.

— Je suis Roseline, la dame de maison, ici depuis 25 ans.

— Je suis détective, je travaille pour vos patrons.

— Ah, c'est vous dont ils parlent tout le temps ! J'espère que vous allez vite les sortir de cette mouise. Parce qu'alors…

— Qu'est-ce que vous avez remarqué d'anormal ces derniers temps ?

Elle éclate d'un rire forcé.

— J'ai jamais rien vu de pareil. C'est le mauvais œil. Je leur ai mis un cierge à Sainte Rita, d'habitude ça marche, mais là, pfuutt. Rien du tout ! C'est même pire on dirait… Les accidents, et ces pauvres petits chiens qu'avaient fait du mal à personne… Des fois j'ai peur pour moi vous savez.

— Quels chiens ?

— Quoi ? Vous êtes pas au courant ? s'exclame-t-elle en se tapant dans les mains. Ça alors !

Figurez-vous que les chiens de Marie ils ont été empoisonnés. La porte du chenil était ouverte, et il y avait un papier scotché dessus. Vous pensez, j'ai pas eu le temps de lire. Les gendarmes sont venus. Cette pauvre Marie, elle en est pas encore remise.

— Puis-je voir Monsieur ou Madame Guyot ?

— Robert est sorti. Elle appelle à tue-tête : Marie ? Marie ?

Marie Guyot arrive du fond de la maison.

— Madame Renard ! Des bonnes nouvelles j'espère. Venez-donc prendre un café.

Elles s'installent au salon, et Roseline apporte un plateau de café.

— J'ai de bonnes nouvelles pour vous, mais avant, tout, le désagréable… Vos chiens ?

— J'en suis malade. Elle cherche un mouchoir dans sa poche, et s'essuie les yeux. Pauvres bêtes. La mère et les petits. Ils étaient splendides. Il y en avait un pour ma petite-fille. Pauvre gosse. Robert dit que ce sont les gitans. À moins que ça soit ce salopard de René.

— Le président des chasseurs ?

— Il nous déteste, depuis que mon mari a interdit la chasse sur la propriété, il fait courir des bruits sur nous, il est infect ce type. Il a dit à Roseline qu'il voulait un chien, que je le lui donne par-dessus le marché. Je n'ai même pas répondu. Et puis quoi encore ? Elle appelle : Roseline ! Roseline !

Celle-ci, qui devait écouter la conversation, arrive aussitôt.

— Raconte à Madame Renard cette histoire de chien.

— C'est ce René, vous voyez, le mari de la grosse folle là. Il m'a dit comme ça un jour où j'allais à la mairie, il sortait du bureau du maire, parce qu'ils sont comme cul et chemise ces deux-là. Bref. Il me dit, dites à votre patronne Madame des Messages de me donner un épagneul puisqu'y a une portée. Je me suis retenue de lui cracher sur les chaussures, j'vous jure.

— Merci Roseline. Maintenant, j'ai des choses importantes à dire à Madame Guyot, l'interrompt Dominique Renard. Dès que la porte est refermée, elle fouille dans son sac et tend l'enveloppe de photos.

— J'ai retrouvé votre fils, annonce-t-elle sans préambule.

Marie, pâle, passe sa main dans ses cheveux et ferme les yeux un instant.

— Il va bien ?

— Il a l'air. Je ne l'ai vu que par internet. Il habite Cologne, travaille dans l'hôtellerie, et si j'ai bien compris, il a au moins un enfant. Dominique Renard fait une pause. Je suis désolée de vous l'apprendre, mais il ne veut pas que je vous donne son numéro de téléphone. Il était réticent à avoir de vos nouvelles. Pouvez-vous me dire ce qui s'est passé ? Je voudrais être sûre qu'il n'y ait aucun lien avec l'enquête.

— Mais non, rien à voir. Qu'est-ce qui lui prendrait, d'un seul coup, des années après ? Et puis…

On entend la porte de l'entrée. Elle met un doigt sur sa bouche, se lève et appelle.

— Robert, Madame Renard est là.

23

Le viticulteur est agacé, surtout de trouver la détective en conciliabules avec sa femme. Ils doivent parler de Rafaël, toujours Rafaël. On s'en fout bien de ce gamin. Il est parti, point barre. L'affaire qui les occupe est bien plus importante. Il tend un journal.

— Marc Reynaud a retrouvé ça. Avant que les accidents n'arrivent, un petit article est paru dans cette feuille de chou. Il se demande si ce n'est pas là l'origine de tout. Et vous, du nouveau ?

— Je suis sur une piste sérieuse, mais je ne tiens pas à en parler tout de suite. J'ai pour règle de conduite de ne rien divulguer avant de savoir les tenants et les aboutissants. En revanche, votre maître de chai file un mauvais coton. Il a l'impression qu'on lui cache des choses, et, du coup, s'invente des histoires. Vous devriez l'impliquer au maximum.

— Ah il me casse les pieds celui-là, j'ai pas assez d'emmerdements sans devoir faire de la psychologie ?

— Robert ! Tu peux compter sur lui, il est la fidélité incarnée ! Franchement, fais un effort !

— Il a même appelé Paul pour se plaindre, et il lui a raconté l'accident. Qu'il tienne sa langue, que diable !

— Qu'est-ce que vous voulez, intervient la détective, c'est un fidèle et un solitaire. À la fois il est vexé et à la fois il est inquiet. Au moins, ça n'est pas sorti du cercle familial.

— Mon fils…

— Notre fils tu veux dire,

— Oui, oui, notre fils… Paul habite loin, et n'a pas besoin qu'on l'inquiète, c'est un fait. Bon, Madame Renard, si vous n'avez rien de nouveau, je ne vous retiens pas, dit Robert.

— Bien au contraire, j'ai quelque chose à vous dire, en particulier.

Marie Guyot a l'air surpris et ennuyé.

— Pardonnez-moi Madame, reprend-elle.

Ils s'éloignent et vont marcher dans les vignes.

— Il paraît qu'on a empoisonné les chiens de votre femme, et qu'il y avait un papier sur la porte.

— Hof, ça doit être les gitans.

— Il y avait quoi sur le papier ?

— Je ne me souviens pas bien…

— Allons Monsieur Guyot, arrêtez de freiner mon travail, ça n'a aucun intérêt.

— Un truc du genre « ça va être votre tour ». J'ai jeté ce torchon. Pas la peine de faire encore plus peur à ma femme. Elle a été très choquée. Très choquée, oui.

— Décidément, ils n'ont aucun frein… Autre chose, je sais que vous allez détester ça, mais je suis obligé de chercher toutes les pistes possibles. Vous êtes né à Noyers, dans l'Yonne, c'est bien cela ?

Robert ne répond pas.

— Après vos études à Beaune, vous êtes allé travailler à Châlons sur Saône, et puis vous êtes parti sur le Bordelais, et n'êtes, si je crois comprendre, jamais revenu dans votre région. Que s'est-il passé ?

— Qu'est-ce que ça peut vous foutre ? Aucun lien avec notre affaire, je ne vous paie pas pour fouiller dans ma vie privée.

— Une enquête c'est comme un puzzle, il faut avoir le plus de pièces possibles. Si ça ne vous convient pas, moi je laisse tomber l'affaire. Vous me payez ce que vous me devez, et je rentre chez moi. Personnellement, je m'en fiche complètement.

— Si vous me le demandez, c'est que vous savez.

— Je me doute que vous avez fait quelque chose de suffisamment répréhensible pour vouloir couper les liens, comme a fait votre fils Rafaël.

— Ce n'est pas mon fils, justement !

Il fulmine, donne des coups de pieds dans les cailloux.

— C'est celui de Marie, ce n'est pas le mien. C'est pour ça qu'il est parti. Vous êtes contente ?

— Pas encore, il me manque ce qui vous concerne.

— J'ai aidé un copain, un type que j'avais rencontré au régiment… Il était dans la merde, je l'ai aidé à faire un casse, et ça ne s'est pas bien passé. Maintenant tout ça c'est prescrit. Et ça ne servirait à rien de le crier sur les toits.

— Je vous remercie. Pour faire mon métier, vous vous en doutez, il faut une vraie science du secret. Bon, je vous laisse.

Ils retournent vers la maison en silence, puis soudain Robert s'arrête, et soupire profondément.

— Il faut que je vous dise… Je suis harcelé depuis le début, dès l'histoire des cuves. Menaces de mort sur moi, sur ma famille… Ils ont piraté le compte Facebook de la propriété, et même ils espionnent en direct.

— Comment ça ?

— Un jour on déjeunait, ma femme, mon fils et moi. On parlait politique. Vous le croirez ou pas, j'ai reçu un message qui avait trait à la conversation.

— Je vous crois tout-à-fait. Ça s'appelle se faire hacker.

— Ils m'ont détruit mon ordinateur portable à distance aussi.

— Oui, c'est bien ça. Il vous faut changer de ligne téléphonique. Tant pis pour le numéro. Je connais la personne qui va vous arranger ça vite fait bien fait. Donnez-moi votre téléphone, et l'ordinateur détruit.

24

Un détective, s'il doit agir rapidement, avoir des réflexes, doit aussi savoir attendre, guetter sans s'endormir, et garder son attention malgré les heures qui s'étirent. Dominique Renard s'installe dans sa voiture, au bord d'un trottoir où elle peut voir discrètement la porte de l'immeuble où habite Yvon, afin de connaître son emploi du temps. L'homme sort le matin vers dix heures, prend sa mobylette, et soit va au supermarché, soit au bar, soit il tourne autour de Taste Vieille. Il rentre chez lui vers dix-neuf heures pour ne plus mettre le nez dehors. Invariablement, quand il passe devant le portail, Cab surgit et le poursuit pendant quelques centaines de mètres, sous les invectives du motocycliste zigzaguant.

Au bout de deux jours, la patience paie. La nuit est tombée, et l'homme sort et enfourche sa mobylette. Il prend la direction du port. Dominique Renard le suit du plus loin possible, se félicitant de ne pas avoir eu confiance dans ce type, sinon elle serait toujours en train d'attendre son appel. L'homme connaît le trajet, il n'hésite pas, se faufilant dans l'ombre. Il s'arrête soudain, laissant le phare allumé. Dominique Renard se gare derrière un bâtiment éloigné, et se faufile rapidement, à la lumière de l'écran de son portable. Elle se cache derrière une camionnette de chantier. À peine est-elle accroupie, qu'elle entend un moteur ronfler doucement, des roues écrasent les cailloux et des phares blancs éclairent le sol. Une porte claque. Deux chaussures de ville touchent le sol et s'avancent vers la mobylette. Elle entend :

— Tu vas foutre le feu aux chais du Château Roudié, à Génissac. Avant demain matin.

— Et pour l'accident ? Vous me devez…

— On ne va pas payer pour un ratage, ferme ta gueule. Pourquoi t'as loué une aussi grosse bagnole ? T'es le roi des cons ! Tu seras payé quand tu auras fini et bien fini. Casse-toi.

— Mais j'y vais comment ? C'est drôlement loin…

— T'as qu'à te louer une BM comme d'habitude ! Démerde-toi, vas-y en mobylette.

Pendant que l'homme parle, la détective longe la camionnette à croupetons. La mobylette démarre et s'éloigne. Avant que l'inconnu n'aie le temps de s'asseoir dans sa voiture, elle a crocheté son cou, serré d'un coup sec. Elle le finit d'un bon coup de matraque sur le sommet du crâne. L'homme glisse au sol. Rapidement et sans bruit, elle fouille ses vêtements et prend tous les papiers, les documents, le téléphone portable. Il y a un flingue, elle enlève le chargeur et pose l'arme à côté de l'homme. Elle prend l'argent liquide. Puis elle va dans la voiture, prend ordinateur portable, papiers de la voiture, et fouille la valise qui est dans le coffre. Elle fourre tout ce qu'elle a ramassé en vrac dans une besace puis jette les clefs de la voiture dans l'eau. Elle appelle la police locale. Un type s'est fait agresser sur les quais, il est inconscient à côté de sa voiture, un revolver à côté de lui. Les seules traces que les policiers trouveront sont celles de la mobylette.

Elle retourne à la cité. La porte de l'entrée ferme mal, il suffit de la secouer un peu pour qu'elle s'ouvre. Un appartement du rez-de-chaussée s'allume et un type sort en pyjama, un fusil à la main, en gueulant. « Ça suffit maintenant, j'appelle les flics, où es-tu, salaud ? » Le type ouvre la porte de la cave, et Dominique Renard l'entend descendre en criant. Elle en profite pour monter au second en catimini. Elle se repère dans le noir et crochète la porte d'Yvon. Le type est en slip rouge dans sa cuisine, en train de mettre dans un sac de sport des bouteilles en plastique gris. Il sursaute et manque tomber à la renverse. La détective le frappe au visage, sort de son sac un tampon et anesthésie l'homme. Elle le traîne jusque dans la chambre et le ligote solidement au lit. Elle jette le sac de sport et son contenu par la fenêtre, puis prend la même voie. La mobylette est attachée à un poteau avec une chaîne anti-vol, elle se contente de crever les pneus.

Elle charge le sac dans le coffre de la voiture et retourne à l'hôtel. Il est minuit. Elle étale ses trouvailles sur le dessus-de-lit en chenille orange. Le téléphone portable est resté allumé, elle l'explore. Le dernier message vient d'un numéro inconnu. Une voix de femme, une fumeuse : « Roudié doit être réglé demain dans la nuit. Tenez-vous prêt pour la suite, on ne les lâche plus. Un petit accident de bicyclette pour le champion, pourquoi pas ? Et trouvez un autre gars, votre débile pourrait se faire repérer. »

« Elle va rappeler pour savoir si tout s'est bien passé, c'est sûr. Maintenant, ce portable ne doit pas s'éteindre ; j'ai certainement un chargeur pour ce modèle. »

Elle sort comme une ombre de l'hôtel endormi et va sur le parking fouiller dans le coffre de sa voiture, qui contient des outils de bricolage, des téléphones portables, des cordons, du matériel informatique, le tout parfaitement classé, et étiqueté puis remonte dans sa chambre avec le bon câble pour recharger le téléphone. Elle classe ses trouvailles dans des pochettes plastiques qu'elle étiquette soigneusement, puis règle son réveil sur 4 heures.

25

À peine l'alarme a-t-elle sonné, qu'elle bondit sous la douche, l'eau froide la fait suffoquer. Elle empoigne sa mallette, on ne laisse traîner aucun élément dans une chambre d'hôtel, et prend la route de l'Entre-Deux-Mers sous une pluie battante. Roudié est à quarante kilomètres. « Doué comme il est, cet Yvon, il n'aurait jamais réussi à allumer quoi que ce soit. » Avant cinq heures, elle arrive à Roudié et téléphone à Marc. Celui-ci ne répond qu'au troisième appel.

— Monsieur Reynaud, je suis Dominique Renard. Je suis garé devant chez vous.

— Dominique Renard ?… Je… Vous êtes où ?

— Devant votre portail, je dois vous parler en urgence.

— Je suis à l'étranger, qu'est-ce qui se passe ? Un problème ?

— Disons que l'affaire se corse. Il faut protéger votre maison et votre chai et envoyer votre femme à l'abri quelque temps.

— Je l'appelle, elle va vous ouvrir, dites-lui tout, elle est au courant de l'affaire.

Au bout de quelques minutes, le portail s'ouvre et la détective rentre sa voiture. Une lampe s'allume, une silhouette sort sous un parapluie et lui fait signe de rentrer. Claire a allumé la cuisine, elle a passé un manteau sur son pyjama, et prépare du café en grelottant.

— Qu'est ce qui est arrivé ? dit-elle, Les Guyot ?

— Non, mais ça aurait pu être vous. Elle prend la tasse de café que lui tend la jeune femme. Merci beaucoup ! J'ai repéré le type qui a agi à Taste Vieille. Je l'ai suivi hier soir, il est allé prendre des ordres. Je l'ai neutralisé avant qu'il agisse et je suis venue vérifier que tout va bien ici.

— Qu'est-ce qu'il devait faire ?

— Incendier. Je vous conseille de faire comme vos amis, faire installer une alarme. C'est cher, mais c'est plus sûr. Je vais faire en sorte que dans les jours qui viennent, rien ne se passe. Et dites à votre mari d'arrêter le vélo quelque temps. C'est aussi prévu au programme.

— Quoi, de le… le renverser vous voulez dire ?

— C'est ce que j'ai compris.

Elle soupire. « Quel merdier, franchement… »

— Quelles sont les nouvelles de Robert et Marie ?

— Rien à signaler.

— Avouez quand même que pour sauver le vignoble, et puis pour faire des affaires, ça ne se déroule pas comme prévu. J'en veux à Robert. Mais bon.

— N'hésitez pas à m'appeler de jour comme de nuit.

Dans la voiture elle cogite. D'abord retracer l'itinéraire du Belge. Elle s'arrête à l'hôtel, il est huit heures. Elle étale à nouveau tous les papiers trouvés dans la voiture. Il y a des tickets d'autoroute et des factures. Il se fait certainement rembourser les frais, un parfait employé ! L'homme a beaucoup voyagé ces derniers temps. Genève, la Belgique, Brest. Tiens, tiens, Genève, ça serait trop beau. Effectivement, maintenant que la Kidlé connaît tout du projet, la disparition des associés serait une superbe aubaine… Dominique Renard note sur son carnet les noms des intervenants aux diverses réunions que lui a communiqués Guyot, de mauvaise grâce. Elle reviendra sur leurs profils une fois qu'elle aura fini d'éplucher les documents du malfrat. Papiers d'identité belges, José Van der Meulen, né à Mons le 30 juin 1951. Un type brun, pas du genre flamand. Carte grise de la voiture, pas à son nom, une adresse à Paris, beaux quartiers. Le type, a priori, est du genre à pas se salir les mains, à aimer l'argent, mais pas les risques. Il a aussi une bonne carte de crédit. Elle ouvre l'ordinateur portable. Pour le code, comme pour le téléphone de Robert, elle sait à qui s'adresser.

Elle a failli oublier Yvon, et repart à la cité, il est dix heures du matin. Il lui faut attendre que quelqu'un ouvre la porte. Une grosse dame chargée de cabas arrive devant l'entrée, pose ses sacs par terre et cherche ses clefs dans son sac. Au moment où elle ouvre le battant, la détective se précipite. La femme sursaute :

— Qui êtes-vous ? Qu'est-ce que vous faites ?

— Puis-je vous aider à porter vos sacs ? Vous êtes très chargée.

— Oui, mais…

— On a pas idée de porter ça toute seule, ma pauvre dame.

— J'ai le dos, vous verriez ça… Et des varices. Parce que le poids, ça arrange pas les jambes non plus. En plus j'habite au 3e, et mon mari, il fiche rien. Mais il mange ! Ah ça, il mange ! Voilà c'est ici. Vous êtes bien aimable Madame, merci beaucoup.

— Je vous en prie, très bonne journée.

Elle descend d'un étage et crochète la porte de l'appartement, maintenant elle a le coup de main. Yvon dort dans ses liens. Dominique Renard le détache sans ménagement, aussitôt l'autre se met à hurler :

— Salope ! Salope ! Police !

— Mais ferme-là enfin, s'ils viennent, ils t'embarquent, imbécile !

C'est ce que tu mériterais, parce que t'es quand même une belle ordure. Vider des cuves, couper des vignes, c'est pas beau. Essayer de tuer un vieux couple, c'est impardonnable. Et tuer des chiens, une mère et des petits, ça c'est vraiment dégueulasse.

— Moi, j'ai fait ce qu'on m'a dit, c'est tout.

— Évidemment, ton gars il savait que Madame Guyot élevait des chiens, bien sûr. Tu ne l'as pas un peu suggéré ?

— Vous êtes marrante vous, vous avez des sous, ce qu'il vous faut, tous les jours. Moi, pour bouffer, et ben j'me démerde. Et dans ce cas-là, je réfléchis pas.

— Tiens, voilà les 500 balles qu'ils te doivent, et 500 en plus, maintenant barre-toi quelques jours, disparais, fais-toi oublier. Et ne parle pas. Tu pourrais le payer très cher, crois-moi, il ne faudrait pas que le Belge te retrouve. Tu apprendras par les journaux quand tu pourras rentrer.

26

De retour à l'hôtel, elle a un coup de mou, elle a faim. Elle s'installe dans un petit restaurant et savoure son déjeuner. Elle ne pense pas à l'affaire qui l'occupe. Ces pauses lui sont nécessaires pour être efficace. Aucune nouvelle des Guyot, ça prouve qu'une fois Yvon et son donneur d'ordres neutralisés, les choses se calment. Claire lui a envoyé un message : « Alarme posée, suis au vert. CR. » Elle va aller à Paris, à l'adresse de la carte grise, c'est plus facile que de se perdre en Belgique, si ça se trouve l'adresse de la carte d'identité est obsolète.

Elle prend le premier train. À peine installée, elle donne un coup de téléphone :

— Noah, je peux passer te voir ?

— Val ? Oh zut, je suis à l'aéroport, je pars pour Tel-Aviv. Tu es où ?

— Je suis dans le train. J'arrive dans deux heures.

— Tu as besoin d'aide ? Je te connais…

— Tu sais bien qu'avant tout, c'est toi que je voulais voir. Mais oui, un problème de hacking…

— Je t'envoie une adresse par sms. Tu sonnes au 4B, autant de coups brefs que l'heure qu'il est. Tu piges ? À 20h, tu fais 8 coups. Ok ? On verra pour le paiement après, je discute d'abord avec lui.

Un silence.

— Tu me manques, renarde.

— Je t'embrasse fort, Noah. Dis-moi quand tu rentres. Une fois cette affaire finie, je viens te voir rien que pour toi.

Puis elle sort un DVD, et visionne « *Placido* », un film espagnol des années 60 qui la fait jubiler. Elle adore cet humour noir, dans ce film il y a quelque chose du maestro Fellini, les personnages caricaturaux, la musique de cirque… Elle descend du train en pleine forme.

À Paris, la nuit est tombée, et une pluie fine fait trembler les sillons oranges des phares. L'adresse du Belge est un immeuble en pierre du 16e arrondissement, près de la Maison de la Radio. Quartier tranquille. Pas de concierge. Première chose à faire, vider la boîte aux lettres tant qu'il n'y a personne. Elle est pleine, il doit être absent depuis un moment. Elle fourre le tout dans son sac, on étudiera ça tout à l'heure.

L'appartement est au troisième étage d'un escalier à la moquette moelleuse, belle porte double moulurée et vernie. Sur la sonnette le nom qui figure sur le document : « VDM, Dumont ». Elle sonne, on ne sait jamais. Personne ne répond, mais une jeune fille qui descend l'escalier avec un petit chien en laisse l'aborde. « Vous cherchez Madame Dumont ? »

— Oui, Mademoiselle en effet.

— Elle est partie, c'est moi qui garde son chien. Elle rentre la semaine prochaine.

— Ah, zut je la rate… Elle est encore en voyages d'affaires !

— Oui, je crois, elle m'a dit qu'elle partait en Belgique, en voiture.

— Bien, bien, je vous remercie Mademoiselle… Et son mari ?

— Ah, le Monsieur, je ne sais pas, je ne lui ai jamais parlé. Il n'est pas souvent là je crois.

Pendant que Dominique Renard redescend l'escalier, le téléphone portable de Van der Meulen sonne. Elle ne répond pas. Le bip de la messagerie retentit. C'est la même voix. « Rappelez-moi immédiatement. Qu'est-ce que vous foutez ? Pas une seconde à perdre. »

« Oui, il faut aller vite, avant qu'un nouvel accident n'arrive », se dit Dominique Renard. Elle attend que la jeune fille sorte et va se poster dans le garage à bicyclettes. Elle l'entend rentrer, attend encore qu'il n'y ait plus de passage. Une heure se passe. L'immeuble est calme. Elle remonte l'escalier, ouvre la porte avec quelques difficultés. Ça sent le bois ciré et le renfermé. Le plancher craque sous ses pieds ; à la lumière farineuse de la rue, elle découvre un appartement bourgeois, en ordre parfait. Elle trie le courrier, pour remettre celui de Madame dans la boîte. Dans la penderie, uniquement des vêtements de femme, et dans la salle de bains ni rasoir, ni blaireau, aucune trace de présence masculine. C'est juste une adresse. Dans le bureau, il y a deux rayonnages d'étagères. Sur l'un sont rangés les dossiers de Madame Dumont, qui semble-t-il fait du courtage en tout un tas de choses, et travaille plutôt sur la Belgique et la région parisienne. Ou elle est partie en train, ou alors elle a une autre voiture. Voyons l'étagère de Monsieur. Elle ouvre chaque dossier, rien de bien grave à se mettre sous la dent, à part la comptabilité. Elle fait des photos de toutes les pages, et remet tout en place. « En fait, il se sert de l'activité de Madame Dumont pour faire passer ses factures, le reste ça doit être du black, dont il lui refile une partie. »

Dominique Renard marche sous la pluie jusqu'à une bouche de métro, et traverse Paris, puis de nouveau arpente les rues. Elle sonne 9 coups à une porte. La porte grésille, elle la pousse et entre dans l'immeuble puis monte au 4e étage. Elle toque à une porte sans plaque. Une silhouette grande et large s'encadre dans la porte.

— Je viens de la part de Noah.

— Salut, Éthan.

— Bonsoir, Val.

— Entre, et explique-moi. Noah m'a parlé de hacking ?

— Oui, et j'ai aussi un ordi à déverrouiller.

— Ça, no problem, je fais ça tout de suite, et je te le rends. Pour le reste, it'll take longer. Assieds-toi.

L'homme se déplace silencieusement dans l'appartement presque vide.

— Tea ? coffee ? I don't drink any alcohol.

— Rien c'est bon, merci.

Pendant qu'Éthan s'enferme dans une pièce remplie de matériel informatique, Dominique Renard s'installe sur le canapé, et regarde sur son portable les photos des papiers trouvés dans l'appartement. Une feuille écrite au crayon attire son attention. Il y a des noms sous forme d'initiales, et des sommes. Là ce n'est plus anecdotique du tout. Il est cher le Van der Meulen ! Des sommes à trois zéros. G33-PLC ça doit être G33 pour Guyot et PLC pour Pauillac, G33/MSJ, Guyot Saint-Jean. Yvon a été payé 2500 €, alors que Van der Meulen touchait

10 000 pour l'opération G-33. Pas la peine de perdre du temps à chercher l'agresseur de la gare. Il y a aussi R33-Mor. C'est le contact pour Roudié. Elle appelle Marc, qui vient de rentrer.

— Désolé de ce coup de fil tardif !

— D'habitude c'est Robert qui m'appelle la nuit. Quelque chose de grave ?

— Non, j'ai vu Claire, elle m'a dit que vous étiez sous alarme. Tout va bien ?

— On est vigilants, je ne sors plus à vélo, si c'est ce qui vous inquiète.

Elle a à peine raccroché que l'homme revient et lui tend l'ordinateur.

— Voilà, il est déverrouillé. Je t'ai mis un password facile, il est sur le post-it qui est collé dedans. Memorize et détruis le papier. Je te fais une faveur, parce que tu viens de la part de Noah, je travaille ton hacker. Ça prendra quelques jours, parce que là, j'ai un boulot de malade.

— Merci Éthan, si jamais tu as besoin…

Elle lui tend sa carte où elle a écrit son numéro de portable et son adresse mail.

— Détective ? Amazing ! Oui, on ne sait jamais ! Allez salut. Je t'appelle.

Elle repart vers la gare Montparnasse et loue une chambre d'hôtel. À peine y est-elle posée qu'elle réserve un billet pour Brest. Le train part à 6 heures et arrive à 9H. Installée dans le compartiment où elle est presque seule elle ouvre l'ordinateur. Il y a plusieurs messages marqués « urgent » d'onglerie29@free.fr qui exigent des nouvelles immédiates de l'affaire, et expliquent qu'il faut en finir une bonne fois pour toutes. *« Si vous n'êtes pas capable de faire le boulot, au prix que vous me coûtez, je trouverais facilement quelqu'un d'autre. »* Elle lit tous les courriels, il y a des histoires de transaction, d'achat et de vente de voitures, des factures. Dans les dossiers, il y a des photos de voitures en quantité, un fichier d'adresses, des billets d'avion, des relevés bancaires et de carte de crédit, peut-être de quoi mettre le mec au frais. « Ne nous éparpillons pas et reprenons tout à la base. Il va souvent à Genève, ce type peut travailler pour la Kidlé… Ou pour quelqu'un qui travaille pour eux… Ou pour un concurrent… Ou il a transporté des fonds, ou fait une course pour quelqu'un. Brest, il doit y avoir une copine, je ne vois pas le lien entre Genève et Brest, ni entre Brest et Bordeaux ». Le portable sonne à nouveau. Cette fois-ci elle répond, en baissant la voix, la main sur le micro du téléphone.

— Je vous entend très mal, retrouvez-moi à l'endroit habituel à treize heure trente.

— Trop dangereux, donnez autre endroit.

— Bon eh bien, La galerie marchande, entrée Atlantique.

Elle prend son sac et va au wagon restaurant chercher un thé et un paquet de biscuits, puis se remet au travail. Elle tape « Brest » sur le moteur de recherche. 29, c'est le Finistère. Onglerie29, c'est à Brest, bien sûr. Et qu'y a-t-il de spécial à Brest ? La mafia est partout, mais quel lien entre Brest et des viticulteurs bordelais ? Pourquoi le mail est-il à l'en-tête de onglerie ? Y aurait-il une histoire de femme jalouse ? Guyot aurait-il eu une aventure à Brest ?

27

Sa boîte mail signale l'arrivée d'un message. Il vient de mguyot.mess. « *Madame Renard, merci pour votre aide, vous ne pouvez pas savoir quel soulagement c'est pour moi. Mon fils Rafaël m'a rappelée, inquiet, il voulait avoir de mes nouvelles. Je vais vous dire ce qui l'a poussé à partir aussi jeune, je vous en livre le secret, c'est le juste paiement de votre aide. Je compte que vous oubliez cela aussitôt que vous l'aurez lu. Rafaël n'est pas le fils de Robert. J'étais enceinte, et mes parents ont été heureux que je puisse me marier. Il a été formidable, il a accepté l'enfant, et l'a élevé comme le sien jusqu'au jour où nous avons eu une dispute. Rafaël avait fait une bêtise, rien de grave, mais pour mon mari qui se présentait à la mairie, c'était gênant. Mon fils a dû entendre parce que nous parlions fort, c'est ce que j'ai fini par comprendre et il a disparu pendant la nuit. Nous avons tout fait pour le retrouver, mais il s'est bien débrouillé pour ne pas laisser de trace. Il avait pris tout l'argent liquide qui était dans le tiroir du bureau... Voilà, vous savez, merci pour votre discrétion à nouveau. Ni Robert ni Paul ne me pardonneraient d'avoir éventé cette affaire. Toute mon amitié, et j'espère que grâce à vous nous retrouverons vite la paix, comme avant.* »

Elle sourit. Enfin, une histoire qui se termine bien. Mais le parallèle entre les histoires de Robert et Rafaël est étrange.

À la gare, elle loue une voiture avec GPS, et fait le tour de la ville pour se repérer : la galerie marchande, l'entreprise. Puis elle trouve un hôtel pas loin de la gare, pour pouvoir repartir au plus vite si nécessaire. Là, elle poursuit ses recherches et répertorie toutes les ongleries de la ville. Il y en a une bonne trentaine. Ce sont pour la plupart des petites boutiques situées au centre-ville. Elle n'aura pas le temps de faire le tour de toutes, et se décide à appeler Robert sur le téléphone à carte.

— Monsieur Guyot ? Dominique Renard. Quelles sont les nouvelles ?

— Écoutez, croisons les doigts, rien. Le plus compliqué est de me passer de mon ordinateur et de mon portable. Comme vous voyez, j'utilise celui de ma femme. Il paraît qu'au village les langues vont bon train, le maire et cet imbécile de René font des gorges chaudes, Ils ont inventé je ne sais quoi. Je les emmerde.

— Vous avez bien raison. J'ai une question importante. Je vous prie de me répondre le plus honnêtement possible, afin de me faciliter la tâche.

— Allez-y, je m'habitue presque à vos manières.

— Avez-vous eu dans le passé, ou même récemment, une aventure sur Brest, ou dans le département du Finistère, ou avec une femme originaire de cette région ?

— Effectivement, pour une question indiscrète, c'est une question indiscrète. Et bien, figurez-vous que je n'ai jamais mis les pieds dans le Finistère. Sauf à Brest il y a une dizaine d'années pour un salon. Et là, des gens, j'en ai vu défiler un paquet.

— Si ça vous revient, appelez-moi dans les meilleurs délais, nous n'avons pas une seconde à perdre.

Il ne se vante pas de sa fidélité, la piste n'est pas à éliminer totalement. Maintenant Van der Meulen doit être dans la nature. Logiquement, il est passé à Paris et ne tardera pas à rappliquer.

Il pleut depuis le lever du soleil. À une heure et demie précise, une femme d'âge mûr, un peu forte, sanglée dans un imperméable à col de fourrure et surmontée d'un large parapluie, vient se poster devant l'entrée de la galerie marchande et regarde autour d'elle d'un air inquiet. À voir sa tournure, si elle a une onglerie, c'est un commerce florissant. Elle fouille nerveusement dans son sac, en sort un paquet de cigarettes et un téléphone. Une fois aspirée une bonne bouffée de fumée, elle pianote sur l'appareil. Le portable sonne dans la voiture de Dominique Renard. Elle ne répond pas, regarde la femme s'impatienter, tourner en rond. Au bout de dix minutes et plusieurs appels téléphoniques, la femme monte dans une berline gris foncé, dont elle claque violemment la portière et démarre en faisant crisser les pneus. Dominique Renard la file. La femme conduit vite, mais elle ne la perd pas. La grosse voiture finit par rentrer dans une propriété dont le portail automatique dévoile un parc soigné et une grande maison du siècle dernier. Elle note mentalement l'adresse, se gare un peu plus loin et ne quitte pas le rétroviseur des yeux. À une heure et demie, la voiture ressort et repart dans l'autre sens. Le temps de faire demi-tour, la détective la voit s'éloigner en direction de la zone industrielle, tandis qu'elle est bloquée à un feu rouge. Elle perd la voiture de vue, et sillonne la zone industrielle, empruntant toutes les allées. Le bâtiment le plus important est celui de Lola-Cola. Une parcelle de terrain avec un bâtiment vide jouxtant l'usine porte un panneau de mise en vente et donne le numéro d'une agence immobilière. Renard téléphone pour avoir des renseignements. L'agent lui propose de passer au bureau, elle apprend là-bas que la parcelle est à vendre depuis plus d'un an.

— Le vendeur en veut trop cher, il est persuadé que c'est la Lola qui va acheter. Eux, ils sont intéressés, c'est sûr, c'est juste derrière leur stockage. Mais la Présidente est une femme de tête. Elle a décidé combien elle y mettrait, la moitié. C'est donc une histoire de bras de fer. Et vous, vous êtes intéressée ?

— Pourquoi pas ?

— Sans être indiscret, quelle est votre activité ?

— Je travaille dans le plexi, je peux m'installer n'importe où. Je suis prête à offrir un peu plus que l'usine. La dernière offre est à combien ?

L'agent griffonne sur un post-it et le lui tend.

— Voilà. Hors commission et hors frais, bien sûr.

Dominique Renard en profite pour poser quelques questions sur la Présidente.

— Alors, c'est une femme qui dirige cette affaire ?

— Elle est veuve, c'était son mari avant elle. Quand il est tombé malade elle a pris le relais, il y a une dizaine d'années. Elle est remarquable. C'est une bosseuse impitoyable. Ses employés ne l'aiment pas parce qu'elle est dure et ne laisse rien passer, mais on ne peut rien lui reprocher d'autre.

— Vous la connaissez ?

— Je l'ai rencontrée pour cette affaire. Je n'en ferais pas mon amie.

Elle n'aime pas négocier avec les femmes, mais nous défendrons vos intérêts au mieux. Voilà un bon de visite, je vous remercie de signer en bas. Il se lève et lui tend la main. Bien, chère Madame, vous avez tous les éléments, recontactez-moi rapidement, le vendeur sera ravi d'avoir une porte de sortie.

Dominique Renard va au cadastre tâcher de savoir qui est propriétaire de la parcelle en vente. Elle finit par trouver sur les fiches informatiques que c'est une société. Il ne reste plus qu'à trouver sur internet qui en est gérant. Une fois les renseignements obtenus, il est 18 heures, et il fait nuit, comme toujours en Mars. Elle tente le coup, téléphone à la Lola, mais tombe sur un répondeur.

Le téléphone portable de Van der Meulen regorge de messages, d'abord inquiets, puis furieux et menaçants. La femme dit qu'elle va envoyer un de ses collègues pour lui faire son affaire s'il ne respecte pas ses engagements. Elle n'a vu aucune information concernant un éventuel incendie de chais dans le Bordelais.

« Où peut être le Belge ? se demande Dominique Renard. Il n'est certainement pas loin d'ici… » Son portable privé vibre.

— Val ? C'est Éthan. A priori, j'ai réussi. J'ai détruit l'ordinateur du hackeur. Il était sur Bruxelles. Je crois même que je le connais.

— Ce n'est pas toi ?

— Non, ni Nathan ni moi, rassure-toi. C'est une nana, a teacher. Nous, ce genre de trucs ne nous intéresse pas. C'est un exercice d'initiation. Quand tu apprends la carrière, on te fait pratiquer en vrai. Il y a même des sortes de concours. On a une cible, et on doit essayer toutes les techniques possibles, dans la réalité. Celui sur qui ça tombe ça peut lui faire très très mal. En général, on s'entraîne sur des étrangers. Là, je suppose que la cible, on a payé pour ça. Toujours est-il que ton gars peut enfin dormir tranquille.

Il fait nuit noire. La détective va faire un tour vers la villa. Les lumières sont allumées. Elle arrive à se glisser dans le jardin de la villa par un petit portillon tout pourri qui donne dans une ruelle, caché par le tronc d'un immense cèdre.

La pelouse en pente, fraîchement tondue, monte vers une terrasse. Elle voit des ombres derrière les portes-fenêtres. Elle fait le tour en évitant le gravier et se glisse le long du mur. Un chien aboie dans la maison. « Tais-toi, idiot, tu connais Jose. » Jose… Il est donc là. En effet, à l'intérieur, un grand type brun discute, un verre à la main, avec la femme vue tout à l'heure. Dominique Renard n'entend que des bruits de voix. Allongée sur la terrasse, elle allume l'appli haut-parleur enregistreur de son téléphone et le plaque sur la vitre. D'après ce qu'elle comprend, Van der Meulen s'explique.

— J'étais au rendez-vous pour donner les instructions, comme d'habitude, et j'ai été agressé, on m'a tout volé, papiers, clefs de la voiture, et ce sont les policiers qui m'ont trouvé, inanimé. J'ai passé la nuit au poste, à cause du flingue, et ils m'ont relâché le lendemain. Je n'ai pas pu mettre la main sur le type que je payais…

— Que JE payais, interrompt la femme.

— Oui, bon, en tout cas, le mec a disparu. J'ai contacté Madame Dumont pour me payer le voyage sur Paris.

— Je la croyais meilleure, Éliette. Je vais lui dire que vous n'avez pas été à la hauteur.

— N'exagérez rien, les boulots, je les finis toujours, mais là, les bouseux, ils ont dû payer quelqu'un, c'est pas eux qui se seraient défendus comme ça tous seuls. Effectivement, l'autre, il a foutu le camp sans mette le feu. Ce naze, dès que je le retrouve… dit le Belge d'une voix forte.

— Vous verrez ça plus tard. Éliminer les associés, à présent, c'est le seul moyen d'en finir avec cette histoire.

La femme arpente la pièce.

— Il faut agir efficacement. Vous avez foiré deux fois mon cher José, ce n'est pas très professionnel, surtout, et je le souligne, étant donné le prix que vous m'avez coûté. D'autre part, il faut ab-so-lu-ment faire capoter ce projet, sans que je risque quoi que ce soit. C'est bien clair ?

Dominique Renard, vautrée sur le carrelage mouillé de la terrasse se demande comment arrêter la machine. Les deux silhouettes s'éloignent dans la maison et elle n'entend plus leur conversation. La porte de la maison s'ouvre de l'autre côté. La détective qui a fait le tour, est à présent cachée par un massif d'hortensias, récupère les voix.

— Débrouillez-vous, je ne vais pas vous loger non plus.

L'homme passe le portail et s'éloigne sous la pluie, Dominique Renard le suit de loin. La silhouette rentre dans un hôtel. « Comment stopper le Belge de façon définitive ? Je suis obligée de rester jusqu'à demain, il faut exécuter le plan prévu, c'est primordial. ». Une fois dans sa chambre, elle consulte ses contacts. Elle déteste déléguer, mais c'est pourtant ce qu'il faut faire.

28

Dès qu'elle est au chaud dans sa chambre, Dominique Renard fait des recherches. « plus grosse fabrique de France de concentré de Lola Coca, le plus gros producteur de soda au monde ». « Qu'est-ce qu'une aussi grosse boîte aurait à faire de deux viticulteurs qui montent un projet ? » Qui est Jacqueline Jaquin-Revest, sa présidente-directrice-générale ? Cette femme est en place, comme on dit. Elle sponsorise les activités sportives, culturelles etc… Sa fille est avocate à New-York et son fils travaille au siège de l'Union Européenne à Bruxelles.

Le lendemain dès 9 heures, la détective appelle de nouveau la Lola-Coca, et se présente comme propriétaire de la parcelle voisine, en déplacement uniquement aujourd'hui sur Brest ; elle dit vouloir discuter avec la présidente. Celle-ci accepte de la recevoir à onze heures et demie au bureau.

Le vigile est au courant du rendez-vous. Renard se gare à quelques voitures de la berline grise, l'air sent le caramel. Accueilli par une secrétaire entre deux âges, le visage recouvert d'une couche de fond de teint rosâtre, elle monte derrière son arrière-train oscillant un escalier en béton qui débouche sur un couloir où les portes se succèdent. La plupart d'entre elles sont ouvertes sur des gens penchés devant des ordinateurs ; elles en croisent d'autres, marchant d'un air affairé. On entend le bruit d'une chaîne de mise en bouteilles, le verre cliquette, les moteurs ronronnent, et les camions manœuvrent derrière le bâtiment.

La femme aperçue l'autre jour est assise derrière un grand bureau dont le plateau disparaît sous des dossiers et deux ordinateurs. Elle lève un visage massif. Son maquillage lourd, s'il met en valeur une bouche régulière, de larges yeux marrons, n'atténue pas les poches sous les yeux, les plis qui griffent le tour de la bouche ni la chute des joues. Des cheveux courts, méchés, coiffés en mise en plis, des ongles manucurés et un chemisier en soie vert d'eau complètent le portrait. Dominique Renard se présente comme la femme du propriétaire de la parcelle. La femme d'entreprise reste assise et lui tend une main baguée.

— Alors, votre mari est revenu à de meilleurs sentiments ?

— Nous n'avons plus rien dans cette ville, autant régler cette affaire sans compter sur les agents immobiliers, vous ne croyez pas ?

— Vous connaissez ma position, je n'en bougerais pas.

— Il y a peut-être moyen de trouver accord, dit la visiteuse en frottant son pouce contre son index.

La femme ne répond pas tout de suite.

— Je ne peux pas discuter de ça ici. Retrouvons-nous à midi et demie au Grand Café Joffre.

— Disons midi si vous voulez bien, j'ai un train à 14 heures.

La brasserie est bondée, et Dominique Renard trouve une table dans un angle, de laquelle elle voit la rue. Elle voit Madame Jaquin-Revest se garer sur un arrêt de bus devant l'établissement, descendre de sa voiture, déplisser sa jupe, et écraser du pied la cigarette dont elle tire une dernière bouffée. Elle cherche un moment la table du regard.

Le serveur leur propose un apéritif, elle choisit un Martini.

— Je ne bois ni ne fume, décline Dominique Renard.

Son interlocutrice a un sourire méprisant. Elle déteste ces femmes qui font attention à leur ligne et à leur santé. Elle a vieilli et grossi, les hommes ne s'intéressent qu'à son fric et à sa position sociale, et alors ? Au moins elle a le pouvoir, pas comme celles qui dépendent de leur mari, comme cette idiote en face d'elle. Dominique Renard se fait passer pour la femme d'un petit industriel qui veut recentrer ses activités. Elle se rabaisse le plus possible, disant qu'elle était venue faire du shopping, et que son mari lui a dit de rencontrer la directrice de la Lola. Il veut absolument régler cette histoire de terrain, ils veulent envoyer leur fils étudier aux States, et ça coûte très cher.

La femme ne répond pas, elle coupe sa côte de veau, et mâche sans même avoir l'air d'écouter. Dominique Renard, chipotant dans sa salade, parle de son mari et de leur fils jusqu'à ce que l'autre en ait visiblement assez. Quand on emmène les assiettes, la présidente regarde la petite montre en or qui enserre son poignet arrondi.

— Dites, revenons à nos moutons. Combien ?

La détective se penche en avant :

— Vous connaissez Jose Van der Meulen ?

La femme devient livide sous le maquillage, et sa bouche s'ouvre légèrement. Elle se ressaisit aussi vite.

— Pas du tout, je ne vois pas de qui vous voulez parler.

— J'ai toutes les preuves contraires. Et toutes celles vous liant à de graves ennuis qu'ont subis des viticulteurs bordelais ces derniers temps.

— Vous racontez n'importe quoi.

Elle commence à se lever. Dominique Renard attrape son poignet et la force à se rasseoir.

— Il vaut mieux que nous en parlions tranquillement.

La femme se rassoit lentement, incrédule.

— Mais… Qui êtes-vous ?

— Vous le saurez bien assez tôt.

— Combien ?

— Il ne s'agit pas de ça. Je veux l'engagement que cette affaire cesse. Un engagement écrit.

— Je ne cesserais que s'ils cassent le contrat et arrêtent le projet.

— Comment êtes-vous au courant ?

— Je lis la presse professionnelle dans le détail. Et ce projet est plus que viable. S'ils ont intéressé la Kidlé, c'en est la preuve irréfutable. Vous me connaissez mal, vous pouvez faire ce que vous voulez, j'irais jusqu'au bout. Elle tient une cigarette, et sa main tremble légèrement. Ses yeux sont rétrécis comme ceux d'un chat en colère.

— Un dossier complet est chez un ami qui doit le déposer dès ce soir à la PJ s'il n'a pas de mes nouvelles. J'ai remonté la trace depuis Yvon, le gars de Pauillac qui a fait la basse besogne, puis Van der Meulen. J'ai des messages, des enregistrements, enfin tout le nécessaire pour vous faire mettre au frais. Bien évidemment, si vous vous engagez à cesser tous vos agissements, mes clients et moi, de notre côté, nous engageons à oublier tout ça, sans demander de dédommagement.

La femme se tait, baisse la tête. Dominique Renard sort de son sac un papier et un stylo. Voilà, écrivez : « *Je soussigné Monique Jaquin Revest, PDG de la Lola Coca France, m'engage à cesser toutes actions à l'encontre des actionnaires de la SkØllson Sarl et de toutes personnes liées au projet Bordo-Soda.* » Voilà. Daté, signé.

Elle signe le document, se lève sans un mot et s'en va. La voiture grise sort de sa place sans même regarder si le passage est libre, un klaxon strident salue son passage.

Dominique Renard range le document, se lève tranquillement, paie l'addition, puis elle va rendre la voiture de location à la gare. Pour elle, l'affaire est terminée. L'homme de main est hors service, elle en a eu confirmation par un appel téléphonique, son contact sur Paris a fait du bon travail. La donneuse d'ordre est démasquée. Il ne lui reste plus qu'à rentrer dans le Bordelais pour annoncer la bonne nouvelle à ses clients. Elle y sera le lendemain dans la matinée, après avoir récupéré l'ordinateur et le téléphone de Robert chez Éthan. Elle est soulagée, finalement tout se termine pour le mieux.

29

La femme d'affaires retourne à l'usine, après avoir brûlé plusieurs feux de circulation, elle se gare n'importe comment. Ses collaborateurs se demandent ce qui se passe à la voir passer, livide. Elle ne répond pas aux salutations et s'enferme dans son bureau. Furieuse. La secrétaire passe la tête par la porte et la referme doucement. Assise à sa table, la présidente se laisse déborder par ses émotions. Si la police y met son nez, elle est perdue. Tribunal, prison, les informations, les journaux… La carrière de ses enfants sera brisée. Un scandale énorme. Il ne s'agit plus seulement d'éliminer des concurrents mais des gens qui la mettent en danger, elle, personnellement. Cette pécore doit être contente de lui avoir fait signer ce torchon, qui n'a aucune valeur. Qui peut-elle être ? Elle a une sacrée poigne pour une bonne femme. Maintenant ça suffit, elle va engager quelqu'un d'autre que ce con de Van der Meulen, quelqu'un qui ira au charbon directement, pas d'intermédiaire. Ça ne doit pas être difficile à trouver… Éliette Dumont lui a fait perdre un temps précieux, jusqu'alors elle avait été de bon conseil, mais c'est bien la dernière fois qu'elle lui demande quelque chose.

Elle appelle le Belge pour lui dire qu'on arrête tout, qu'il est nul. Le téléphone ne répond pas. Elle vérifie que c'est bien le nouveau numéro, celui qu'il lui a donné hier. À moins qu'il soit déjà en route…

Et si elle faisait le boulot elle-même ? Au moins ça sera fait et bien fait. Elle a fait du tir autrefois. Il suffit d'y aller à une heure où il n'y a personne. Très tôt ou très tard. Elle a vu sur Maps que c'est en pleine campagne. Il faut juste ne pas passer par le village et laisser la voiture un peu loin, à cause des traces de roues. Ils n'ont ni caméra ni système de surveillance, ça c'est certain. Elle a aussi fait des recherches, tout à fait au début, avant d'appeler Éliette, sur le viticulteur, ce Guyot, et sa famille. Elle voit la tête qu'il a, un type un peu costaud, un paysan, et sa femme une petite maigre mal fagotée.

Laissant la porte du bureau ouverte, elle part en trombe devant le regard médusé de ses collaborateurs, saute dans la voiture et rentre chez elle. Elle prépare un bagage rapide, y fourre un revolver et un chargeur qui dormaient au fond d'un tiroir, vestiges de son mari, téléphone à sa secrétaire qu'elle ne sera de retour que demain soir tard. Son portable sonne alors qu'elle démarre. C'est Van der Meulen.

— Je vous ai déjà dit de ne jamais m'appeler, imbécile. C'est moi qui téléphone. Elle prend un autre appareil et rappelle.

— Je suis à l'hôpital. On m'a poussé dans l'escalier du métro.

— Je disais bien que vous étiez nul. Je vous ai laissé un message, vous ne l'avez pas eu ? Je me débrouille sans vous. Et vous allez me rembourser tout ce que j'ai payé pour rien. Parce que j'ai payé pour rien, le fait est !

Van der Meulen a son honneur, il ne supporte pas qu'on l'insulte, et qu'on le traite de nul. Et puis rendre un centime, c'est tout à fait hors de question. Il a fait des kilomètres, il a perdu du temps pour faire plaisir à Éliette, alors qu'il avait du travail sur la Belgique. Elle va voir, cette salope, quand il sera sorti de l'hôpital s'il est nul et s'il lui doit quelque chose, c'est plutôt le contraire. Elle l'a foutu dehors sous la pluie, comme un chien, en refusant de lui payer la dernière tranche convenue. Est-ce qu'il pouvait savoir que les autres se défendraient aussi bien ? Il imagine les pires sévices, et la présidente qui lui demande pardon, la figure comme une tomate écrasée.

La femme est partie de Brest avant que Dominique Renard ne soit dans le train et roule d'un seul trait. Elle ne s'arrête que du côté de Tours pour faire un plein. En fin d'après-midi, elle décide de sortir de l'autoroute à Saint-André-de-Cubzac, et prend les petites routes pour arriver le plus tard possible à l'adresse qu'elle a rentré dans son GPS : Château Taste Vieille.

La détective va sonner 6 coups à l'appartement d'Éthan. Ils prennent un thé en discutant de l'affaire qui les a occupés, puis elle va payer celui qui a poussé le Belge dans l'escalier, et, considérant l'affaire close, elle décide de rester à Paris pour la soirée. Elle va dîner dans un restaurant dont le patron est un ami. Elle boit un bon vin, se promène dans les rues, le nez au vent, et rentrée à l'hôtel, elle regarde « *La vita dura* », avec Alberto Sordi, un film magnifique sur la compromission et la fidélité. Elle prendra un train le lendemain matin. Ils vont être contents, les Guyot et les Reynaud.

La longue voiture grise roule doucement devant la propriété, les phares peignent de blanc le mur de pierre, puis le portail de la cour, qui est fermé. Seule, une lanterne éclaire le haut arrondi de la porte du chai. Elle descend de voiture et regarde à travers la grille ; les volets de la maison sont clos, pas de voiture garée, aucun signe de présence. Ils sont partis ou quoi ? « Ils ont la trouille » rit-elle tout bas.

Elle conduit la voiture à l'angle du mur d'enceinte, la gare en marche arrière sur le chemin dont la clarté se perd en longeant le parc, ourlant l'étendue sage des vignes. Il est minuit à son téléphone. Elle a un peu faim, mange un des biscuits du paquet acheté sur l'autoroute, boit une petite bouteille de Lola, dont elle a toujours une réserve dans la voiture, et s'installe aussi confortablement que possible. Elle dort d'un sommeil abrupt, haché de rêves violents qui l'éveillent brutalement, le cœur comme un tambour. La nuit est interminable.

Le froid la réveille, il est presque six heures à l'horloge lumineuse. Une brume blanche noie la voiture jusqu'aux vitres ; elle flotte dans un nuage, croit une seconde qu'elle est en avion. Elle sort de la voiture. L'humidité la saisit jusqu'aux os, elle s'accroupit pour pisser derrière la voiture, se lave les mains avec une lingette, se rassied sur le siège, et met le moteur au ralenti pour avoir du chauffage. Elle se regarde dans le rétroviseur, son maquillage a coulé, sa mise en plis est toute défaite. Elle se sent sale. « Qu'est-ce que je suis moche ! » dit-elle à voix haute.

Un peu avant sept heures elle voit des phares se refléter dans la brume, une voiture passe doucement sur la route. « Ça y est, ils commencent à bouger, ça ne va pas tarder à devenir intéressant. »

À sept heures vingt, un faisceau de phares jaunes tache la brume, s'arrête devant le portail puis rentre dans la cour, réveillant les graviers. Elle descend de la voiture, sans fermer tout à fait la portière, le revolver dans les plis de sa jupe et s'avance en marchant sur le bas-côté, dans l'herbe noire et mouillée. Le portail est maintenant ouvert. À la lumière d'une camionnette dont le moteur tourne encore, un grand type est en train de s'escrimer sur le cadenas du chai. Elle tend le bras et tire, deux fois. La silhouette s'effondre. Elle retourne à la voiture, et démarre aussitôt.

30

Quand Robert arrive à Taste Vieille, il voit la camionnette blanche dont le moteur tourne toujours, et dans la lumière des phares un grand corps gisant devant la porte du chai, dans une flaque noire. Cab est couché à côté de son maître et lui lèche la main. N'en croyant pas ses yeux, il approche doucement. « Mon Dieu, Jean-Philippe. » Il s'agenouille à côté de lui, et touche le visage blanc, flasque, froid. Aucune réaction. Il est mort. Oh non…

Les mains tremblant tellement qu'il a du mal à tenir son téléphone, il appelle le Samu. En les attendant, il a couvert le blessé de sa veste, puis est allé chercher une couverture dans la maison. Les secours le trouvent à genoux dans les graviers, il pleure comme jamais il ne l'avait fait, ses larmes coulent comme le sang d'une blessure. Le médecin s'accroupit à côté du corps, l'examine avec précaution, le pouls est très faible mais encore détectable, et l'ambulance repart avec son précieux chargement. Dans la nuit on peut suivre loin le gyrophare bleu qui ponctue la campagne plate.

Robert entre lentement dans le chai et s'assoit sur la marche du seuil, son pantalon et ses chaussures sont noires de sang figé. Il ne pense pas, il est posé comme une pierre. Cab se couche à côté de lui.

Ce n'est que quand un ouvrier le trouve, on le cherche partout car la gendarmerie est là depuis une bonne demi-heure, que Robert revient à la vie. Aussitôt, il pense à appeler Dominique Renard. Elle est dans le train.

Il hurle dans le téléphone :

— Vous n'avez rien fait, rien et ils ont tué mon maître de chai, il est mort vous comprenez ! Vous êtes la seule responsable, c'est vous qui l'avez tué !

— J'arrive dans une heure, répond-elle simplement.

Qu'est-ce qui a pu se passer ? Quel bras a frappé, alors que tout était sous contrôle ?

Les gendarmes sont toujours là quand elle arrive au domaine. Robert et Marie Guyot sont dans la maison, effondrés. Il ne veut pas la voir. La détective appelle Paul Guyot, et lui explique toute l'histoire, il est abasourdi. « Jean-Philippe ? mort ? Je… Je suis en plein passage d'examens, je fais le maximum pour arriver vite. » Par l'entremise de Roseline, elle réussit à voir Marie, et lui raconte toute l'enquête, lui montre le document signé, et lui dit que Paul va arriver.

Marie appelle Claire. « C'est fini, cette affaire. Mais il est arrivé une chose terrible. On a tué notre Jean-Philippe. » Le fait de prononcer la chose la fait éclater en sanglots. Claire saute dans sa voiture et prend la route du Médoc.

Monique Jaquin-Revest roule à toute allure vers Brest. Les gendarmes, après que Dominique Renard, sans leur expliquer son implication exacte dans l'affaire, leur ait montré le document signé, acceptent de faire un signalement pour la bloquer sur l'autoroute, et tous les péages sont mis sous surveillance.

La berline grise roule à toute allure, sans se préoccuper des limites de vitesse. Elle emprunte l'autoroute qui remonte sur Paris, double des files de voitures et de camions, tandis que le jour se lève sur les vignes de Cognac. Le temps que le dispositif se mette en place, elle a déjà dépassé le péage de Vannes. Deux détachements de police sont envoyés à destination, un l'attend devant son portail, et l'autre stationne à portée de vue de l'entrée de l'usine.

Van der Meulen, à peine sorti de l'hôpital, est parti en voiture vers Brest, décidé, lui aussi à se venger. Il va la fracasser et lui piquer son fric, qu'une bourgeoise se fasse cambrioler, ça ne serait pas la première fois. Il a décidé de planquer dans la cour de l'usine, derrière des palettes d'où il voit la fenêtre du bureau. À midi moins cinq, il sort avant la fermeture des grilles, et avisant les voitures de police garées dans la rue, il se dirige vers la villa. Là aussi, les forces de l'ordre stationnent.

« On est grillés, se dit-il, il ne me reste plus qu'à me faire oublier. » Il file vers le Nord.

Vers midi, à l'entrée dans Brest, la présidente sort le revolver du sac et le pose entre ses cuisses. La berline grise arrive devant la jolie maison dont le portail ouvragé s'ouvre aussitôt. Avant qu'elle n'ait le temps de rentrer dans la propriété, un policier se penche à la portière. Elle lève vers lui un visage gris, gonflé, tend la main vers la poignée brillante qui dépasse des plis de sa jupe et tire dans sa mise en plis toute défaite. La voiture glisse toute seule dans l'allée bien ratissée et finit sa course dans un hortensia dont les fleurs, comme des petits chapeaux ronds hochent la tête avec dépit.

Épilogue

Juin arrive, les vignes font leur fleur.

Hugo achète une gourde de Grap'Soda à la sortie du lycée ; la Kidlé a gardé l'idée, et son contrat avec la Skøllson ne concerne plus que la fourniture de raisin.

Jean-Philippe a survécu, mais ne peut reprendre une vie normale. Robert et Marie lui achètent une maison au bord de la mer. Ils vendent le vignoble de Taste Vieille, ne gardant que la maison.

Marie a repris contact avec Rafaël, et projette un voyage en Allemagne. Elle veut connaître ses petits-enfants. Elle est décidée à se présenter aux prochaines élections municipales.

Marc approvisionne la Kidlé, et conseille une cave brésilienne et une mexicaine. Claire voyage avec lui.

José van der Meulen est sur une affaire de chantage qui peut rapporter gros.

La Lola Coca, avec une nouvelle direction, agrandit ses bâtiments.

Valérie Renard va s'installer à Paris.

LA GESTE

www.gesteditions.com

Par ce logo, nous témoignons d'une volonté de réduire les impacts environnementaux liés aux activités de l'imprimerie. Nous choisissons un imprimeur impliqué dans la réduction des gaz à effet de serre. Le choix de nos papiers assure que la production a été faite à partir d'un produit à base de bois et a suivi le cahier des charges d'une gestion durable des forêts européennes. Achevé d'imprimer chez CPI Bussière (2079864) en France en août 2024 pour le titre *Bordeaux voit rouge*.

Mise en page : Camille Ronzier
Dépôt légal : second semestre 2024

11, rue Norman-Borlaug
79260 La Crèche
05 49 05 37 22
contact@gesteditions.com